AF192027

Mimosa & kaverit

Elämää yläasteella

Jasmina Ollikainen

Kustantaja: BoD – Books on Demand, Helsinki, Suomi

Valmistaja: BoD – Books on Demand, Norderstedt, Saksa

ISBN: 978-951-568-303-8

Hei vaan, ihmiset! ☺

Mun nimi on Mimosa Tirkkonen ja juuri nyt sulla on käsissäsi mun vihko, jonka kävin ostamassa silloin kun kirjakaupassa oli alennusmyynti. Se oli Tapiolan keskustassa aika lämpöisenä päivänä. Kirjoitan nyt muistiin sen loppukesän 2008 juttuja. Ainakin mulle niistä tuli todellakin ikimuistoisia.

Enää kaksi päivää oli siihen, kun kesäloma loppuisi ja koulu alkaisi taas. Siksi piti ostaa kaikenlaista. Tämä kiva vihko, puoleen hintaan, mutta sen lisäksi tietysti myös paljon muuta. Uusi laukku (harmaa Björn Borg) ja Marimekon penaali ja paljon kyniä. Koska äiti ja sen lompakko oli mukana, niin tuli ostettua uusia vaatteitakin: pillifarkut, vihreä paita ja yksi neuletakki. Pitää silloin olla uutta, kun on uusi koulukin. Yläaste, Pohjois-Tapiolan koulu, eli Pohjis. Siitä mä aion kertoa!

Jokainen tietysti tietää tässä vaiheessa, että yläasteella pitää olla uusi ihminen. Pitää aloittaa uusi elämä, eikä saa olla lapsellinen nynny. Mäkin ryhdyin hommiin, piti alkaa laittaa itseään ja huonettakin siihen malliin, että kehtaisi uusia kavereita sinne kutsua. Pois kaikki tyhmä romut. Lelut sai mennä syvälle sängyn alle piiloon. Yläasteella ei saisi kavereita jos olisi lapsellinen. Sillä tavalla oli sanonu ainakin mun kaveri Onerva. Se oli ollu mun paras ja läheisin kaveri melkein koko ala-asteen. Se tiesi paljon asioita, ja toivoin että se tulisi nytkin samalle luokalle.

1

Valmiina uuteen kouluun

Onerva tuli viimeisenä lomapäivänä kilkuttamaan meidän ovikelloa. Se oli muuttunu toisen näköiseksi. Sillä oli uusia vaatteita ja sen tukka oli vaihtanu väriä. Se oli ennen ollu sellainen tavallinen, maantien värinen pehko, samanlainen kuin mullakin, mutta nyt se oli kirkkaan punainen. Oli sillä ripsiväriäkin. "Moi", se sanoi. "Voinko tulla teille?" Sai se tulla, ei meillä kukaan siitä häiriintyny. Me mentiin takapihalle meidän trampoliinille. Ei me siellä hypitty, mutta vain makoiltiin mustalla lämpöisellä kankaalla ja juteltiin.

"Sullahan on kiva tukka, aika jännä... Ja hienot vaatteet, toi huppari varsinkin", mä sanoin sille. Se huppari oli WESC, ei mikä tahansa siis.

"Kiitti, se onkin uusi", sanoi Onerva ja sitten se heivasi laukkunsa trampoliinille ja levitteli jotain muotilehtiä ympärilleen. Se etsi erään sivun, jolla oli iso otsikko: ULKONÄKÖREMONTTI.

"Ulkonäköremontti?"

"Jep", nyökkäsi Onerva. "Sen mä olen tehny. Kai sä huomaat" Se nojautui taaksepäin, puolittain makaamaan ja katsoi mua jotenkin arvioiden. "Sunkin varmaan kannattaisi vähän muuttua, että saat kavereita. Voisit alkaa meikkaamaan ja muuttaa vähän tyyliä. Sitä paitsi sunkin pitäisi laittaa kuvia nettiin"

Onerva oli puhunu koko kuutosluokan kevään jostain IRC-galleriasta ja muusta vastaavasta. Mä halusin kuitenkin vaihtaa puheenaihetta. Vaatteisiin nimittäin, niistä mä olin

2

paljon kiinnostuneempi. Mä näytin sille mun uudet vaatteet ja kerroin että aioin laittaa ne päälle seuraavana päivänä. Se näytti hyväksyvältä. Onervan lukiolainen isosisko oli antanu kaikenlaista vinkkiä Onervalle siitä, miten pitää olla yläasteella.

"…Olishan törkeän noloa olla lapsellinen ja nynny, niin kuin meidän entisen luokan Allia! Tuleekohan se tyhmä kumisaappaissa ja villapaidassa huomenna kouluun", Onerva sanoi. "Noloa!"

"Niinpä", vastasin. "Piereskeleeköhän se edelleen yhtä paljon."

No, mutta ulkonäköremontti. Sen mäkin olin jossain määrin tehny. Ja käytöksen remontin, tottakai. Ei saa puhua lapsellisesti, ei saa nauraa lapsellisesti… jne. Pitää tykätä ja puhua oikeista jutuista, kuten meikeistä ja musiikkivideoista. Ja niistä pitää myös tietää. Sehän olisi supernoloa, jos sanoisi jotain väärää.

"Joo, mutta mun on mentävä", Onerva sanoi, kun oltiin selattu sen muotilehtiä. "Täytyy hoitaa vielä pari hommaa ennen huomista." Se oli hermostunu, mutta olinhan mäkin. Varmaan samoja hommia me sitten hoidettiin: pistettiin vaatteet ja laukut kuntoon ja nukuttiin seuraava yö huonosti.

Ei kypäriä eikä silmälaseja

Heräsin kuudelta ja söin jotain. Mitähän se olikaan… varmaan leipää ja viiliä. Sitten vaan kello puoli kahdeksan Jopo valmiina, ja matkaan! Pikkuveljet vähän ihmetteli, missä oli mun kypärä, mutta hittoako mä sitä yläasteella käytän! En tosiaankaan. Siitä jos mistä tulisi sanomista, tulihan jo ala-asteella. Kypärä on nössöjen juttu. Tukka sai nyt liehua vapaana kesäilmassa. Onneksi oli niin kiva sää, että mä tarkenin hyvin sillä uudella vihreällä paidalla. Tapiolaan meiltä pääsee mukavia metsäteitä pitkin. Matkaan meni varmaan 20 minuuttia, reitin olin käyny läpi jo monta kertaa mutta olin mä silti aika hermostunu. Liikkeellä oli tietysti paljon koululaisia. Mä menin niiden isojen kanssa samaan suuntaan ja väistelin autoja ja vastaantulijoita.

Pihalla oli aika lauma ihmisiä, pyöriä ja mopoja. Pyörätelineiden vieressä seisoikin mun tutut. Onerva oli siinä ja sitten oli myös Maria ja Helmi, mun entisiä ala-astekavereita. Oli siellä paljon muitakin, mutta niillä ei nyt ole kauheasti merkitystä, koska suurin osa oli mulle vielä silloin ihan tuntemattomia.

"Moi, Mimosa. Säkin löysit paikalle", sanoi Helmi. Se oli eri näköinen kuin ennen. Sillä ei ollu silmälaseja.

"Moi", sanoin mä ja otin harmaan laukkuni pakkarilta.

"Ai, sulla on uusi laukku. Onko se jotain merkkiä?"

"Björn Borg. Sullakin on varmaan uusi", sanoin mä ja osoitin sen ruudullista olkalaukkua.

"Joo. Se on Burberry."

Vau, Burberry.

"Mutta missä sun silmälasit on?"

"Heitin pois. Otin piilolinssit tilalle."

4

Me kaikki seiskaluokkalaiset kokoonnuttiin juhlasaliin. Ensin se rehtori, punatukkainen mies, toivotti meidät tervetulleiksi ja puheli sitten jotain tavallista, mitä nyt uusille oppilaille puhutaan. Mä, Onerva, Helmi ja Maria istuttiin vierekkäin lähellä lavan reunaa ja alettiin kaikki jännittää, kun rehtori alkoi luetella nimiä, kuka menisi millekin luokalla.

"...Maria Määttä..!"

Maria meni A-luokalle, mutta me muut jäätiin vielä istumaan penkeille. Odotettiin siinä ja suurin osa oli menny jo. A, B ja C. Jäljellä oli D. Sille me muut päädyttiin. D:lle. Mimosa Tirkkonen, Helmi Itkonen, Onerva Takala ja aika monta muuta. Meitä oli pienempi porukka, kuin muilla luokilla. Mietin, että varmaan me oltiin joku jäännöserä. Näin pari vanhaa luokkalaista ja uusiakin tyyppejä siinä sumpussa, kun me keräännyttiin luokanvalvojan luokse salin oven luo.

"Päivää 7D!" sanoi se opettaja. "Olen kuvataiteen opettaja Päivi Moilanen, teidän luokanvalvojanne. Seuratkaa perässäni..."

Me seurattiin. Se johdatti meidät kuvisluokkaan, meidän kotiluokkaan. Mä olen aina tykänny kuviksesta, mutta ei me silloin tietenkään mitään maalattu. Siellä luokassa oli isot pöydät, joiden ääreen me istuttiin. Seinillä oli väriympyröitä ja piirustuksia ja julisteita. Ikkunasta näkyi metsää. Kaikki yritti päästä opettajasta mahdollisimman kauas. Porukka valui takaluokkaan, ja sinne mäkin sitten menin toiseksi lähimpään pöytään kavereiden viereen. Opettaja vaikutti ihan kivalta, no ainakin kivammalta, kuin meidän ala-asteen maikkamme, se Elise Rundqvist, runkvisti. Karmea akka, joka rähisi kaikesta.

5

Mutta se siitä, nyt ei oltu enää siellä pikkulasten koulussa. Täällä oli paljon opeja. Toivottavasti kivoja, mä ajattelin.

Suurin osa oli uusia tyyppejä, mutta oli tuttujakin: Alli, Kessu-Jussi (jonka nimi oli tullu tupakan diilaamisesta), pari muutakin poikaa ja valitettavasti myös Jossu eli Johanna, kovanaama. Sillä oli itsensä näköisiä kavereita, yhden nimi oli Rakel (Raksu). Enimmäkseen aika äänekästä sakkia, joista suurin osa tietysti tupakan hajuisia poikia, mutta oli yksi tyttökin, joka toi mieleen räkättirastaan. Sen nimi oli Eve. Se oli sellainen vähän poikamainen, jonka lyhyt, tumma, tukka oli kahdella tupsulla, korvissa klemmareita koruina, ja vielä lisäksi sen takaraivolla retkotti vihreä pipo. Sitten oli Mikko, Poromies. Miksi sellainen lempinimi? Kerrotaanpa: Päivi jakeli meille papereita, minkä jälkeen se kyseli mistä me oltiin peräisin, mistä koulusta ja niin edelleen. Enimmäkseen porukka tuli läheltä. Espoosta, Helsingistä, oli kai muualtakin, mutta Mikko kertoi olevansa Rovaniemeltä.

"Ahaa, pohjoisesta", sanoi Päivi Moilanen kun paperilennokki putosi sen viereen pöydälle. "Tervetuloa. Toivottavasti totut tähän etelänmeininkiin."

Kai se Mikko tottui. Ei vaan ollu nimi sama enää kauaa. Se pipopää-Eve istui Mikon vieressä ja hölisi koko ajan. Se puheli jotain siihen suuntaan, että eikö Rovaniemellä ole poroja. On varmaan, mutta ei Mikon perheellä luultavasti. Ihan sama se oli Evelle. "Haa, olet sä poropoika! Tai poromies!" Eve alkoi hihittää, mutta kai ihan hyväntahtoisesti, ne kaksi on käsittääkseni ollu jonkinmoisia kavereita. Mikolla, tai siis Poromiehellä oli huumorintajua. Poroja tai ei, saman tekevää.

Jos Eve sai jotain päähänsä, niin se piti siitä kiinni. Poromies oli Poromies.

Eve alkoi pyöriä luokassa ympyrää joidenkin poikien kanssa. Ne heitteli pensseleitä, kun opettajan silmä vältti. Suurinta osaa ei kiinnostanu mikään info koulusta. Ihan sama missä oli tietokoneluokka tai terkkarin huone. Ihmisillä oli muita juttuja, jotka oli paljon tärkeämpiä. Jossu ja Raksukin kuunteli koko tunnin musiikkia ja kysyi sitten tunnin jälkeen, että mitä seuraavana päivänä tapahtuisi.

Etelänmeininkiä, joo.

No, millaista on?

Pohjis on punatiilinen rakennus, uudempi rakennus kuin se ala-aste, missä mä olin ollu, mutta samanlainen viemärin haju on kummassakin. Täällä siihen hajuun sekoittuu vielä energiajuomien ällönmakea sävy. Aromeja on muitakin. Tölkkejä on pitkin lattiaa, kuten niiden sisältöäkin. Lits, lits, lits. Meinaa converset tarttua lattiaan erityisesti biologian luokan edessä. Käytävien seinät on punaisia ja luokan ovet on sinisiä, no se ei ole ongelma, mutta yksi huomattava asia on nuuskan täplittämä katto. Sinne sitä syljetään. Vessoista ei tarvitse varmaankaan sanoa mitään. Arvaatte varmaan, millä adjektiiveilla niitä voi kuvailla.

Yläasteella ei pidetä mitään leikkiviikkoa loman jälkeen, niin kuin ala-asteella. Täällä mennään heti asiaan, ja lukujärjestykset jaettiin meillekin jo ensimmäisenä päivänä.

7

(Jotkut tosin hävitti ne saman tien.) Se oli sellainen kumma kaavio täynnä kirjain- ja numerokoodeja. Aineen koodi, luokan numero, opettajan nimi... hmm. Uuttahan se oli. Sen sain selville pienten tiedustelujen jälkeen, että etsimäni ruotsinluokka oli yläkerrassa. Ovi oli juuri sulkeutumassa, mutta onnistuin livahtamaan sisään. Olin mä oikeassa paikassa, onneksi. Onerva oli siellä ja Helmikin ja muut.

"God morgon", sanoi opettaja, jonka nimi muuten oli Annikki Holm-Pirhonen eli "Pirtsu." Se aloitti aamun ruotsiksi. Mä ymmärsin kyllä mitä se sanoi, vaikken ollu ruotsia aiemmin opetellu. Ymmärsikö muut? Ei kukaan ainakaan mitään vastannu. Mä istuin Onervan viereen, enkä muuten ollu tosiaankaan viimeinen, joka luokkaan tuli sisälle. Pirtsu jakoi meille kirjat ja vihkot ja kysyi: "Osaako kukaan teistä muuten ruotsia? Onko kukaan aloittanut opiskelua jo ala-asteella?"

Tasan yksi nosti kätensä pystyyn. Se oli Teuvo, silmälasipää. Se istui ihan edessä, opettajan pöytää vastapäätä. Väliä muihin oli useampi pulpettirivi, koska enemmistö oppilaista oli pakkautunu takaluokkaan. Kessu-Jussi ja Martti röhnötti tuoleillaan ja näpelöi kännyköitään. Luokan oveen koputettiin. Myöhästyneiden joukko ahtautui sisään. Ihmisten ja puheen määrä moninkertaistui, varsinkin, kun Eve ja Sakari oli nyt paikalla.

"Mitenkä te näin saavutte myöhässä?" kysyi Pirtsu.

"Joo, anteeks, ei löydetty luokkaan", murahti Sakari.

"Ymmärrän, ensimmäinen päivä. Ottakaa kirjat itsellenne tuosta pinosta."

8

Kirjoista ryhdyttiin opettelemaan ensimmäisiä asioita: Hej, Välkommen ja niin edelleen. Opetteli kuka opetteli. Kyllä mä ja Helmi jotain muistiinpanoja tehtiin, mutta meidän takana ihmiset keskittyi enemmän kännyköihinsä. Teuvo ja Alli viittaili silloin tällöin.

Piipitystä kuului takaa. Opettaja vähän kurtisti kulmiaan ja katsoi sinne mistä ääni tuli. Ei se mitään varsinaisesti sanonu, mutta siinä vaiheessa oli 45 minuuttia jo menny umpeen ja se ilmoitti, että tunti päättyisi.

"Opetelkaa läksyksi nämä ensimmäisen sivun asiat", se sanoi, kun suuri osa oppilaista oli jo ehtiny ryysätä ovesta käytävään. "...ja ensi kerralla laittakaa puhelimistanne virrat pois."

"V*t*u, mä mitään puhelintani suljen, mulla on oikeus pitää sitä miten tahdon", Jossu tuhisi. "Lähetään Kigelle!"

Onerva katsoi Jossua kunnioittavasti, kun se sanoi näin lattialle sylkäisten. Onervakin yritti räkäistä yhtä tyylikkäästi, mutta lima jäi roikkumaan sen poskelle ja se pyyhki sen vaivihkaa pois. Kigelle. Sinne Onervakin tahtoi. Mä olin vähän hämilläni, kun se sitä ehdotti.

"Kige? Mikä se on?"

"Kioski, pöhkö", Onerva kuiskasi ja taisi hävetä mun noloutta. "Etkö sä sitä tiedä?"

Nyt tiesin, ja päätin siitä lähtien olla kysymättä tyhmiä. Höh, olinhan mä sen Kigen ohikin ajanu. Täällä aikuisten koulussa kun on tosi tarkkaa se, mitä saa ja mitä ei saa tehdä tai sanoa. No, niin se Kige. Se oli siellä tien varressa, parin sadan metrin päässä koulusta. (Sinne ei olisi tietenkään saanu mennä, koska koulun järjestyssäännöt kieltää koulun alueelta poistumisen, mutta kukas yläasteella sääntöjä noudattaisi.) Eli kyseinen paikka oli kivasti katoksen alla. Sellainen pieni koppi, jonka erikoisuuttaa oli nakkikset, eli nakkipiirakat. Juomat haettiin viereisestä kaupasta. Mä en välitä niistä kummastakaan, en nakkiksista enkä energiajuomista. Ravintolasta tuleva pihvin tuoksu sai mut nälkäiseksi.

Rasvan hajuun sekoittui tupakan käry. Kaupan edessä, harmailla betonilaatoilla seisoskeli Jossun jengi ja Evekin. Lisäksi siellä oli paljon uusia tyyppejä, jotain tapiolalaisia, kessut hampaissaan. Onerva vilkuili niitä. Ne oli varmaan ostanu tupakkansa Kessu-Jussilta, tai sitten varastanu ihan itse, mutta nytpä repäisi vanha kunnon Onervakin. Se näytti yhtä vaivaista taittunutta tupakkaa, jonka kertoi löytäneensä maasta. Se sanoi alkavansa ruveta ihan tupakoimaan, kunhan saisi jostain lisää savukkeita.

"Sunkin varmaan kannattaisi. Voisit ainakin yrittää olla vähän makeempi", se sanoi mulle. Sitten sen sytytti tupakan yrittäen kai kiinnittää Jossun porukan huomion.

"Mitä sä tarkoitat?" Mä kysyin.

"Koettaisit hankkia parempia vaatteita tai ainakin paremman kännykän."

Ahaa, joo, mun kännykkä. Se on aika vanha. Kolme vuotta tällä hetkellä, toimi ja toimii edelleen kyllä ihan hyvin. Mutta minkäs teet, jos kaikilla muilla on uudemmat. V*t*u, mua ärsytti koko aihe! Onneksi ei niistä saamarin kännyköistä sen enempää ehditty keskustella, kun yksi tyyppi huudahti meille ja hyppi portaan ylös meidän luokse kaupan ovelle.

"Ei, j*m*l*u*a. Alli. Hemmetin rumat saappaat", sihahti Onerva. Niinpä, kumisaappaat. Tyylimoka se oli, mutta Alli näytti pirteältä silmälasiensa takaa. Se kysy, mitä me tehtiin ja mistä me puhuttiin.

"Kännyköistä", mä sanoin, samalla kun tupakan savu sai Onervan yskimään. Mä heilautin kädessäni puhelintani, silloin kahden vuoden ikäistä Nokiaa. Alli, tuo epämuodikas pelle, katsoi sitä naurahtaen ja sanoi: "Eikö toi ole aika vanha, kivikautinen. Sitä paitsi Nokia on huono. Samsung on parempi." Alli ei tienny vaatteista, mutta puhelimet se tunsi. Alli näytti sen tuliterää samsungilaista ja Onervakin virnuili mulle "Kannattaisi sunkin ostaa uusi, onhan vanha puhelin nolo."

Nolo, sanoi Alli. Mikä se on puhumaan nolosta? Pelkkä uusi puhelin ei poista noloutta. Ei vitsi, ajatteli varmaan Onervakin ja nauroi vähäsen. Allilla oli muuten sama reppu kuin ala-asteella. Sellainen, missä on koiran kuva. Voi elämän kevät! Se vilkaisi puhelimensa näyttöä ja totesi, että seuraava tunti alkaisi pian. Se näki joitakin kavereitaan, jotka oli rinnakkaisluokalla, ja juoksi niiden perään.

"Lähdetäänkö mekin?" Mä kysyin Onervalta.

"Ei tarvii vielä." Se tumppasi tupakan, mutta istui alas betoniselle portaalle. "Ihan sama vaikka oltaisi myöhässä. Vain tollaiset allit on ajoissa."

11

Joo, näin se on: yläasteella kuuluu tulla tyylikkäästi myöhässä luokkaan. Tästä suurin osa oli jo tietoisia. Itse asiassa Onerva oli harjoitellu myöhästelyä ala-asteellakin, niin kuin muitakin yläasteella tarvittavia taitoja. No, meillä oli fysiikan tunti seuraavaksi. Kyllä mä ja Onervakin sinne sitten mentiin. Luokka oli toisessa siivessä rakennusta. Yllättävän ripeästi me löydettiin sinne ja istuttiin tiskialtaan viereiseen pöytään. Siellä oli kuivumassa lasipulloja ja muuta tarviketta ilmeisesti kemian tunnin jäljiltä. Ei me oltu myöhässä kuin pari minuuttia. Jossu ja Raksu ja yksi Elsi tuli, kun tuntia oli kulunu kymmenen minuuttia.

"Päivää teillekin", sanoi opettaja kärsivällisesti. "Olen Miika Rusanen, fysiikan opettaja."

Tämä Miika oli sellainen keski-ikäinen, vähän harmahtava, tavallisen näköinen mies ruudullisessa paidassa ja suorissa housuissa. Se jakoi kirjat ja vihkot meille ja sitten se alkoi viritellä tietokonetta.

"Katsokaapa kun on meillä hieno uusi älytaulu", se sanoi.

Joo, oli uusi ainakin. Siinä oli kaikki mahdolliset toiminnot. Siihen sai netinkin näkymään, ja taulun alareunassa oli kyniä. Ei mitä tahansa kyniä, vaan älytaulun kyniä. Sähköistä jälkeä. Huijui, jännittävää! Kyllä oli täällä fysiikan luokassa ainakin panostettu uusiin välineisiin. En mä kyllä tienny, mitä eroa on kirjoittaa liitutaululle liidulla, kuin sellaisella älykynällä älytaululle. Paitsi, että jälki oli paljon kömpelömpää tässä uudessa vehkeessä. Ikkunan vieressä oli toinen mystinen vimpain. Se muistutti vähän lämpöpatteria, ja jotkut tyypit sitä menikin tutkimaan.

12

"Kuulehan", Miika sanoi Evelle. "Älä kiipeä siihen.."

"Mikä tää on?"

"Se on sellainen sisäilman parantaja... Tulkaa tekemään muistiinpanoja."

Sisäilman raikastin sai jäädä siltä erää rauhaan, vaikka Eve ja jotkut pojat kävikin sitä välillä tökkimässä. Miika kääntyi taulun puoleen ja alkoi pelata älykkäiden kyniensä kanssa.

MITÄ ON FYSIIKKA?

Kirjaimet tuli vähän viiveellä ja meni loppujen lopuksi vinoon. Teksti näytti samalta, kuin jonkun päiväkotilaisen tuherrus. Ihmiset luokassa haukotteli ja ryysti energiajuomiaan ja jotkut mussutti nakkipiirakkaa musiikkia kuunnellen. Miika alkoi säädellä taulua ja yritti näyttää jotakin ihmeen kaavioita. Lopulta se taulu pimeni kokonaan. "Osaako joku auttaa?" Miika kysyi. Ei osannu. Tai Eve yritti, mutta sotki (kai vahingossa) ketsuppia taulun pintaan, ja opettaja sanoi sille sitten, että se voisi mennä istumaan paikalleen. Ope ei varmaan huomannu, mutta Eve nappasi yhden kynistä mukaansa ja alkoi pyöritellä sitä pitkin takaluokan lattiaa.

Mitä sitten on fysiikka? Sen Miika raapusti liitutaululle. Eksakti luonnontiede ja jotain matematiikkaan liittyvää. Se me opittiin, ja seuraavalle tunnille Miika lupasi aallonpituuksia.

Opiskelua ja muuta

Se siitä fysiikasta. Valitettavasti täälläkin harrastettiin tutustumispäiviä. Luokanvalvoja tiedotti meille "Kivasta

Päivästä" jolloin kohotettaisiin yhteishenkeä leikkimällä ja kisailemalla. Joo, oli noita jo nähty ja taas nähtäisi yksi lisää. Just joo, varmaan mentäisi kierimään niitylle hanhien sekaan.

Mitä sitten oikeasti tapahtui Kivana Päivänä?

Me keräännyttiin koulun viereen niitylle. Oli aika kostea ilma, mutta samapa se. Siellä oli kaikki koulun seiskaluokat ja opettajat sekä tukioppilaat myös. Meidät jaettiin luokittain tekemään erilaisia juttuja. Ensin me D-luokkalaiset pyörittiin piirissä ja aina välillä jouduttiin halaamaan toisiamme. "Nyt teistä kaikista tulee kavereita", opettajat hihitti. Kessu-Jussi ja Liinus, ne kaksi pahiten tupakanhajuista osui mun kohdalle. Fyysisesti lähennyttiin, henkisesti ei. Sitten oli hippaa, ja Teuvon kompuroinnille naurettiin häijysti.

Alkoi sataa, ja me siirryttiin koululle syömään. Hippa ei tuottanu uusia kavereita. Ihan samat tyypit istui mun kanssa ruokalan keltaisen, pyöreän, pöydän ääressä. Helmi ja Onerva. Sapuskana oli jotain kalaa, sellaista kummaa silakkaa. Piikkilankaa tomaattikastikkeessa. Mun mielestä se oli ihan hyvää, mutta Helmi ja Onerva nyrpisteli neniään.

Niiden mielestä ruoka oli skeidaa ja ne päätti lähteä Kigelle ostamaan nakkiksia ja karkkia. Mä söin ruokani loppuun joka tapauksessa. Menisin sitten niiden perässä Kigelle. Oli vähän tyhmä olo. Mietin, että voisiko kouluruoan syömisestä joutua kiusatuksi, olihan se aika nynnyä kun kaikki uskottavat tyypit täytti vatsansa nakkiksilla.

Mäkin sitten menin sinne Kigen ja kaupan luokse viettämään välituntia. Ostin suklaapatukan ja salmiakkipurkkaa. Allikin oli joidenkin harvojen kavereidensa kanssa paikalla, palauttamassa maasta kerättyjä energiajuomatölkkejä, minkä takia jotkut pojat naureskeli niille ivallisesti. Mikähän idea siinä pullojen keräilyssä on, kun kerta sen vanhemmat on niin sairaan rikkaita, että ostaa kännyköitä joka päivä. Eihän sitä Allia kierrätyskäään kiinnostanu. Onerva tosiaan oli aloittanu tupakoimisen. Siellä se seisoskeli makeen näköisenä, tupakka hampaissa. Helmistä en tiedä kessuttiko sekin, mutta oli se hengessä selvästi mukana, kun hengitti samaa ilmaa.

Mä kuuntelin Justin Timberlakea mun vanhasta MP3-soittimesta. Helmi kommentoi mun ostoksia, kun näytin sille sitä purkkapakettia. (xylitol, noloa...?) Helmi oli ostanu energiajuomaa ja ryysti sitä huulet töröllä loppuajan välitunnista. Eli meillä oli siis varsin erilaiset eväät, mutta jotain yhteistä meillä oli: ne musiikkisoittimet. Helmillä oli vihreä ja Onervalla violetti. Sitten Alli, joka oli kaatanu päälleen energiajuomaa vahingossa, tuppautui seuraamme. Silläkin oli soitin, samaa mallia kuin Onervalla ja Helmillä, mutta punainen. Mitähä se kuunteli? (Varmaan hämä-hämähäkkiä.) Kuitenkin se taas alkoi tuijottaa mun soitinta ja rypisti otsaansa. "Mikä toi on? Onko se kivikaudelta."

"On, jos kivikausi oli kaksi vuotta sitten."

"Ei kun oikeesti. Onpa vanha ja ruma. Sulla on kaikki laitteet vanhoja. Mulla on uudempi. Käykö kateeksi?"

"Ihan valtavasti", sanoin vain, kun en muutakaan keksiny. Varma köyhyyden merkki: laite, joka EI ole uusinta uutta. Alli virnisteli ja päästi pierun.

15

"Sä voisit kyllä hankkia jotain uutta", Onerva sanoi ja sai mut hämmentymään. "Sulla ei ole kovinkaan paljon mitään hienoa. Eikä makeeta."

Miten niin? Onhan mulla Jopo. Joo, mutta se on sellainen vanha romu, sanoi Onerva. Uudet ne on hienoja. Aha. On mulla converset kuitenkin. Kaikilla on! Sitä paitsi paksupohjaiset on makeita, Onerva väitti. Sun ohutpohjaiset ei ole kovin hienot, vaan aika tylsät.

Todellisen kaverin tunnistaa rehellisyydestä. Mitä tähän voisi vastata? Kaikki oli nynnyä tms. Jopa tekonahkaconverset oli tylsät, vaikka ne maksaa enemmän kuin kankaiset vastaavat. Mä en löytäny logiikkaa. Enkä löydä vieläkään. Ei kai tällaisessa tilanteessa auta muu, kuin kuunnella kavereita ja hankkia tarvittavat makeudet, että ne kaverit myös pysyy kavereina. Siispä tuumasin, että ainakin uusi musiikkisoitin olisi seuraavana jouluna toivelahjani. Kännykän lisäksi.

Olen nyt kertonu muutamista ensimmäisistä mieleeni jääneistä tunneista. Olihan meillä muitakin aineita: Englantia oli samassa luokassa kuin ruotsia, saman opettajan, Pirtsun kanssa. Joo, ja äidinkieltä, sitä ei pidä unohtaa. Kuvista ja käsityötä, ihan perusjuttuja. Ai niin, mutta historiaa tietenkin. Siitä kerron vähän, onhan se yksi lempiaineistani ja siihen liittyy eräs tärkeä juttu jonka nyt raapustan muistiin. Eli siis: oli perjantai ja viimeinen tunti. Oppilaita valui sisään historian luokan ovesta. Meillä oli sellainen ihan siedettävä miespuolinen opettaja. Se oli ehkä vähän jämäkkä, toisin sanoen natsi. Mutta hyvä opettamaan. Se sanoi: "No, niin.

Kirjat esiin..." Älytaulu oli yllättävän vauhdikkaasti ehtiny lämmetä, ja sitä kautta tämä maikka (Kerkko Kuusinen, heh, se oli sen nimi) alkoi esitellä muistiinpanojaan.

"1860-luvulla Suomessa elettiin muutosten aikaa... jne. Jotain sellaista. "Metsäteollisuus oli tärkeää, koettiin kylmiä talvia ja oli nälkä... Ja puhelimet reppuun. Tehkääpä tekin muistiinpanoja."

"Ai, panoja. Öhö höö", örähti Martti ja laski puhelimen pois kädestään. Muut nauroi.

"Olehan hiljaa ja tee niin kuin sanon. Voisit muuten ottaa lippalakin pois päästä", Kerkko mutisi.

"Öhhöh, kuusenkerkko haista sinä pitkät..." Martti selitti jotakin, ja muut hekotteli vieressä. Martti tunki lippiksen entistä tiukemmin päähänsä. Takaluokasta lehahti hiuslakan hajua, joka sekoittui energiajuoman ällönmakeaan lemuun. Jossu siellä leikki kampaajaa, näin sen, kun käännyin katsomaan. Kuusenkerkko eli opettaja ei jaksanu siihen mitään huomauttaa, vaan alkoi sanella meille seuraavaa tehtävänantoa. Vuorossa oli ryhmätyö. "Teidän tehtävänne on... ", opettaja aloitti ja vilkaisi takapenkissä istuvaa Jossua. "Laita sinäkin, Johanna, ne kynsilakat pois pulpetilta, ja samoin kännykkä." Jossun suunnalta kuului vaimea "v*t*u" mutta opettaja jatkoi omaa asiaansa. Se käski meitä jakautumaan ryhmiin ja tutustumaan kappaleeseen 2, jossa kerrottiin 1800-luvun elämästä. "Tehkää vihkoihinne luettelo kaikista yhteiskuntaluokista, joita silloin oli."
   Tein Helmin ja Onervan kanssa tämänkin työn. Alli vilkuili meihin päin. Se näytti siltä, että olisi halunnu olla

meidän kanssa, mutta ei se uskaltanu kysyä, kun varmaan haisti, miten nuivasti erityisesti Onerva siihen suhtautui. Niinpä se meni Teuvon viereen. Eihän Teuvolla ketään olisi parina tai ryhmänä ollukaan, se nimittäin haisi niin vahvasti pierun ja hien sekoitukselta, ettei sitä löyhkää peittäny edes luokassa vellova energiajuoman ja kynsilakan katku. Joo, kyllä mäkin mieluummin haistelisin jälkimmäisiä. Joku heitti Teuvoa paperitollolla, mutta mä en jääny sitä tarkemmin ihmettelemään, vaan kirjoitin muistiinpanot. 1800-luvulla oli porvareita, papistoa ja torppareita. Maaseudulla oli tilatonta väkeä. Niitä kutsuttiin piioiksi ja rengeiksi ja mäkitupalaisiksi ja loisiksi.

Loiset! :D

Siitä se riemu Martin ryhmässä repesi. Martti oli ihmeen ahkerasti ruvennu hommiin ja selaili kirjaansa, vaikka välillä heittelikin sitä ilmaan. "Joo. Hei, Poromies, kirjoita ylös: pappi ja porvari ja piika ja renki." Poromies raapusti sanat vihkoonsa samalla kun keinui tuolillaan, mutta Petri makoili pulpetillaan eikä tehny mitään. "Ja sitten loinen", sanoi Martti ja nauroi. "Sä et tee mitään, Petri. Sä oot loinen. Loinen, loinen. Öhhhööö höö!"

"Loinen", nauroi Poromies ja meinasi pudota tuoliltaan.

"Älkää huutako", sanoi opettaja.

Se oli Petrin uusi nimi. Eikä Poromies enää ollu ainoa, jonka lempinimi yleistyi koko luokan käyttämäksi. Siitä lähtien kaikki tunsi Petrin parasiittinä.

Tunti loppui. Mä ja Onerva lähdettiin pyörätelineille päin. Jossu, Raksu ja niiden joitain kavereita veti tupakkaa pyörätelineiden päädyssä. Onerva irrotti lukosta punaisen maastopyöränsä ja mä mun sinisen Jopon. Jossu tuli lähemmäs ja puheli meille jotain. Se tumppasi tupakkansa, katsoi mun pyörää ja kehui sitä. Aito Jopo! Se oli kuulemma siisti. Jossu kehui mun pyörävanhusta, joka oli edellisenä kesänä kaivettu esiin Impi-mummin kellarista. No, kiitti, Jossu. Entäs Onerva? Se oli aika vaisu kotimatkalla ja kääntyikin aikaisemmin kodilleen päin, kuin mitä sen olisi tarvinnu. Kaikilla ei ole joka päivä onnenpäivä.

Ulkonäköremontin käytännöntoteutus: vaateostoksia

Ei se Onerva ikuisiksi ajoiksi pahottanu mieltään. Kyllä se seuraavana aamuna jo ilmaantui meidän takapihalle ihan samanlaisena, kuin aina ennenkin. Hyvä juttu, olisihan ollu ikävää menettää niin hyvä kaveri, jonka olin tuntenu jo ekalta luokalta. No niin, lauantaina mä vietin aikaa pihalla kastellen kasveja. Mulla oli perunoita ja mansikoita.

"Mansikoita. Hyviä", mä sanoin Onervalle kun se tuli. "Maista säkin."

"Joo, ihan hyviä, mutta kuule Mimosa, eikö kasvimaan hoitaminen ole vähän noloa?"

Ajattelin että varmaan yhtä noloa kuin vanhalla pyörällä ajaminen. Ai, hitto tietenkin, onhan se tietysti sitä, kamalan noloa! Mitähän Jossu ja Raksu sanoisi, jos ne olisi aidan takana ollu hiippailemassa. Kyllä olisi morkkaaminen alkanu. Onhan perunanviljely toki pätevä syy kiusata.

Onerva muisti jotain mitä mä olin jo melkein unohtanu. Luokkakuvaus olisi maanantaina. Sen takia se oli lähdössä vaateostoksille Tapiolaan. Sen mielestä munkin piti tulla. Perunat ja mansikat sai jäädä. Mä ja Onerva otettiin pyörät. Kypäriä ei tietenkään. Onerva ajeli kuitenkin ihan huoletta kovaa vauhtia mun edellä ja välillä se keuli tai ajeli ilman käsiä, niin kuin meidän luokan pojat.

Me jätettiin pyörät kulttuurikeskuksen eteen ja lähdettiin kaupoille. En mä kamalasti ostellu, vain yhdet korvakorut alennuksesta. Sen sijaan Onerva oli todellakin tullu hankkimaan lisää kaapintäytettä. Heti ensimmäisessä liikkeessä se hoksasi mallinuken päällä olevan kivan uutuuspaidan. Se oli sellainen kimalteleva violetti.

Se sovitti sitä ja meni sitten maksamaan. 35 euroa. Yhteensä sillä oli jotain satanen.

"Tänään pistetään vaatevarasto uusiksi", Onerva hihkui ja hipelöi uutta paitaansa. "Mä olen heittäny roskikseen suurimman osan mun vanhoista paidoista."

"Roskikseen..?" mä ihmettelin.

"Roskikseen joo, en mä niistä enää välitä, eikä välitä kukaan muukaan, mutta katsopas tätä: nyt on rahaa, kun iskä antoi. Hei, mennään tonne."

Me mentiin sinne, minne Onerva tahtoi. Toisessa kaupassa soi musiikki liian lujalla. Onerva hyökkäsi farkkupöydän luokse ja alkoi äännellä innostuneesti. "Vau, ihanat!" Se nosti käsiinsä hiekkapuhalletut housut, joiden polvet oli valmiiksi puhki. Mä katselin tummansinisiä pillifarkkuja. Ne oli ihan kivat, mutta toisaalta mulla oli jo lähes samanlaiset.

"Etkö sä osta mitään?" Onerva kysyi.

"Miten niin? Ostinhan mä nämä korvikset."

"Äh, mutta jotain muuta."

"Ehkä jos löydän jotain", mä sanoin ja mua alkoi jotenkin tympiä. Me lähdettiin pois siitä kaupasta ja käveltiin ulos. Mäntyjen alla oli kiipeilyteline ja sen vieressä oli koju, jossa myytiin donitseja.

Onerva osti kolme kappaletta, ja sitten me istuttiin syömään niitä leikkipuiston kiveykselle. Samalla me juteltiin ostoksista ja muusta. Aihe siirtyi nettijuttuihin. Mä olin ajatellu sitä IRC-galleriaa, sitä, että ehkä mullakin pitäisi olla sellainen. Kysyin vinkkiä Onervalta.

"Hah, mitä sä sillä?" se kysyi.

"Kerro sä."

"Et kuule, Mimosa, paljon p*s*a*kaan! Galleria on antiikkia. Nykyään pitää olla Facebook."

Ahah, no selvä. Mua palelsi, ja se donitsikin tuntui kuivalta suussa. Meidän jutut mediasta ja YouTubesta loppui, kun kiipeilytelineeltä alkoi kuulua jotain hälinää. Jotain kakaroita? No, aika isoja kakaroita. Siellä kiipeilytelineen yläosassa keikkui muutama tuttu tyyppi. Sakari, Martti, Liinus ja Eve. Ne meuhkasi ja kiroili, ja samalla pienet lapset oli aika säikähtäneinä menny äitiensä luokse leikkipaikan reunoille.

"Mene piiloon, Eve!", huuteli Sakarille ja laski liukumäen alas niin, että teline tärisi. "Anna se mun energiajuoma takaisin!"

"Jumaliste, et saa", Eve naukui. Se roikkui telineen ylimmällä tasolla ja kiipesi vielä korkeammalle, katoksen päälle. Siellä se keikkui Martin kanssa ja heitteli tyhjiä tölkkejä alhaalla olevien päälle. Sitten se otti takkinsa taskusta pullon kermavaahtoa ja alkoi suihkia sitä suuhunsa sekä myös Martin päälle. Even taskuista voi löytyä mitä tahansa.

Ne huomasi meidät ja rupesi huutelee jotain, mutta me lähdettiin pois.

Lauantai kului vaatekaupoissa, mutta sunnuntai meni vaatekaappia peuhatessa. Olihan mulla siellä vaikka mitä, kun en mistään koskaan raaski luopua, joten kyllä valinnanvaraa oli. Lopulta mä päädyin siihen samaan vihreään paitaan, joka oli ollu päällä ensimmäisenä päivänä. Sen kanssa laitoin pillifarkut ja korvakorut ja lisäksi vielä huivin, jonka olin itse neulonu. (Otin sen riskin, että se olisi noloa.) Converseja unohtamatta.

Luokkakuva yms.

Maanantaiaamuna heti aluksi historian tunnin päällä oli valokuvaus jumppasalissa. Ihmeellistä kyllä, kaikki oli paikalla. Mä istun eturivissä tottuneesti, koska olen aina ollu luokan pienin. Mun toisella puolella istui Helmi ja toisella puolella sitten muut lyhyet: Alli, Liinus, (joka oli kammannu takatukkansa niin, että se näkyi kunnolla) ja Poromies, jolla oli kyltti "Pohjois-Tapiolan yläaste 7D, syksy 2008." Onerva oli tasan mun takana ja sen kanssa samassa rivissä oli Teuvo, Kessu-Jussi, Jossu ja Loinen sekä Eve. Niiden taakse oli aseteltu kaikki hujopit eli Elsi, Raakel, Martti ja Sakari. Lisäksi oli tietysti vielä luokanvalvoja Päivi Moilanen. Siinä me oltiin yhteen koottuna, mikä itse asiassa oli aika harvinaista, koska mitä pidemmälle syksy eteni, sitä useampaan ryhmään meidän luokkaa jaettiin, ja toisaalta monet, esimerkiksi Elsi, lakkasi ylipäänsä tulemasta kouluun.

Kuvauksen jälkeen alkoi todellinen kielisessio. Maanantaisin kun oli historian jälkeen ensin ruotsin kaksoistunti ja sen jälkeen vielä englannin kaksoistunti. Hiton rasittavaa, mutta minkäs teet! Kello 9.15, kun tunti alkoi, suurin osa oli varmaan tullu luokkaan, missä Pirtsu viritteli älytaulua. Tupakoitsijat tuli vartin päästä.

"God morgon ja puhelimet pois", sanoi ope ja sitten se alkoi selittää läksyistä ja pitämään nimenhuutoa. "Tänään opimme esittelemään itsemme, tämä siis ainakin..."

"Paljonko sä poltat?"

"Kyllä, sä Raksu tiedät, että mä vedän tupakkaa ja viinaa ihan v*t*s*i."

"Johanna, älä viitsi puhella noin... Mene paikoillesi."

Opettajan puhetta säesti oven vierestä tuleva puhelimen piipitys. Sakari ja Martti istui siellä ja hörppi energiajuomiaan

23

siihen asti kunnes opettaja tuli niiden luokse ja käski kaivaa kirjat repusta. Sakari viskasi tölkkinsä kohti roskista, mutta tölkki meni ohi ja juoma levisi lattialle. Pirtsu ei huomannu. Se oli menny torumaan Jossua kirjan repimisestä. Raakel puolestaan oli hävittäny tai unohtanu kirjansa jonnekin. Helmi ja Onerva mun vieressä istui luurit korvissa ja nysväsi jotain, ja mä piirtelin kukkia vihkon kanteen.

Kun enemmistö oppilaista oli saanu kirjan nenänsä alle, Pirtsu pisti radiosta kuulumaan kappaleen numero 2, jossa Sven ja Olle esitteli itsensä. Sehän oli päivän teema.

"Jag heter Olle..." jne.

Sitten meidän piti käydä esimerkin mukainen keskustelu parin kanssa. Me tytöt jotain puhuttiinkin, mutta meidän takana istuva Martti keikkui tuolillaan kilpaa Poromiehen kanssa ja puheli välillä sählyn pelaamisesta. Opettaja rummutti pöytäänsä ja kysyi koko luokan kuullen Martilta: "Vad heter du?"

"Jag heter Homo-Peter, jag impar Erikeeper!"

HAH HAH, naurua kesti seuraavat kymmen minuuttia. Martti oli muita edellä, kun osasi näinkin monimutkaisen lauseen. Opettaja ei arvostanu Martin kielipäätä eikä huumoria. "Mitäpä, jos opettelisimme hyödyllisiä asioita", se sanoi ja käski meitä tekemään tehtäviä seuraavalta sivulta.

Kuminauha singahti takaluokasta opettajan pöydälle. "Mitä pelleilyä tämä on?" Nyt vasta ope huomasi. Liinus oli jättäny kirjansa ja vihkonsa kotiin, mutta muistanu kyllä ottaa noita kuminauhoja pussillisen. Eve könysi pulpettien alla keräilemässä niitä, jossa voisi sitten singota niitä ympärilleen uudelleen. Yksi niistä lensikin Teuvon hiuskuontaloon, mikä herätti hilpeyttä takapenkkiläisissä, sillä Teuvo ei huomannu mitään.

"Mä meen kuselle", Martti ilmoitti.

"Voisit kysyä ensin..." sanoi Pirtsu ärtyneenä. "Sinun ikäisesi pitäisi jo osata hallita rakkoaan."

"Ehehh heehee... rakkoa..." Martti ja Sakari hihitteli.

"Pitääkö mun laskea lattialle?"

"Ei..." sanoi Pirtsu. "Mene nyt sitten. Tämän kerran."

Eve ja Jossukin ryysäsi vessaan, eikä Pirtsu jaksanu estellä.

Siellä ulko-ovella puolet luokasta seisoi röökit hampaidensa välissä, ja Onerva katseli niitä ihailevasti, kun me käytiin lokeroilla hakemassa englanninkirjoja seuraavaa tuntia varten. Mä olin jo aikeessa lähteä ruokalaan, mutta Helmi hyppelikin portaat alas meidän luokse ja sanoi lähtevänsä Onervan kanssa Kigelle, kun ei ne mitään limaista possupataa halunnu syödä. Ei siellä olis sitä ollu, vaan lihapullia. Niitä mä söin Marian seurassa.

Englanninluokka oli siis se sama, missä ruotsiakin opetettiin. Opettajakin oli sama. Pirtsu. Se marssi taas seuraavaa koettelemustaan kohti nuivan näköisenä. Ei ihme: ensin ruotsia kaksoistunti, sitten englantia saman verran. 7D-luokkaa neljä tuntia, kuka tahansa nuivaantuisi.

"Hello, welcome... jne." Ihan kaikki ei ollu vielä palannu (ruoka)tunnilta. Nimenhuuto pidettiin, ja opettaja alkoi ottaa esiin kirjojaan sun muita monisteita. Mä, Helmi ja Onerva oltiin samoilla paikoilla kuin ruotsintunnillakin. Alli ja Teuvo oli tietysti ajoissa ja edessä, ja niiden kirjat oli pulpetilla valmiina opiskelua varten. Yllättäen myös Eve oli Poromiehen kanssa jo tunnin alkaessa paikalla ja ehtiny leiriytyä luokan perälle. (Se asetteli repun tyynyksi pulpetilleen ja juomatölkkinsä kirjahyllyyn sanakirjojen väliin.)

Tunti alkoi vaikka osa puuttui. Jossain vaiheessa ovelta kuului potkimista.

"Ei tarvitse meluta, ja oven potkiminen on aivan turhaa", sanoi Pirtsu, joka oli päästämässä Jossua, Raakelia ja poikia sisälle. "Miksi olette taas myöhässä?"

"Me tullaan silloin kun meille sopii!" Jossu tiuskaisi.

Alettiin kääntää kappaletta. Sakari, Petri ja Martti tuli sisään potkujen säestyksellä, ja Martti selitti että oli just saanu pummittua rahat lukiolaisilta nakkipiirakkaan!

Kappaleen kääntäminen jatkui. Se kertoi jostain rock-tyypeistä ja muusta oudosta. Kaikkihan me tiedetään, kuinka tärkeä kieli englanti on. Ruotsin tärkeyttä aina epäiltiin, mutta täällä oli asia toisin. Onervakaan ei nyrpistelly nenäänsä, vaan istui suorassa ja vakavan näköisenä. Se väitti olevansa hyvä englannissa, koska oli lapsena ollu jossain kielikylvyssä. Mutta voisin lyödä vetoa, ettei edes Onerva ollu tähän sanastoon aiemmin törmänny. Tiesittekö, että...

be instrumental in = vaikuttaa oleellisesti

indistiguishable = vaikeasti huomattava

idiosyncrasy = ominaispiirre

Ilman englantia ei voi tulla toimeen, ei varsinkaan ilman näitä sanoja. Sen Onerva ja Helmikin käsitti, mutta takapenkin lökäpöksyistä en ole varma. Siellä ne istui luurit korvissa koko kaksoistunnin siihen asti, kunnes opettaja kirjoitti läksysivut taululle. Sitten me kaikki ängettiin ulos luokasta niin pian kuin päästiin. Mä menin kotiin, mutta Onerva jäi hengaamaan Jossun röökiporukan kanssa jonnekin.

Natsit pygee ja jagee

Tiistaiaamu ja ruotsia kello 8.15. Pirtsu tuli ajallaan, vaikkakin väsähtäneenä jo valmiiksi. Se laahusti käytävää pujotellen porukan seasta, laski penkille kangaskassinsa ja kansionsa ja avasi oven. Oho, yli puolet oli paikalla. Pirtsu kierteli luokassa tarkistamassa meidän läksyjä. Raakel istui kulmassa kirjahyllyn vieressä, ja makasi pulpetilla napit korvissa. Se ei aluksi kuullu, kun opettaja käski sitä näyttää kirjaa.

"Häh?"

"Tahtoisin tarkistaa läksysi."

"Miksi?"

Keskustelu keskeytyi, kun Eve rullasi sisään Liinuksen rullalaudalla. Liinus tuli heti sen kannoilla Sakarin kanssa ja hölötti kovaan ääneen omaperäisestä tukkamuodistaan: "Mulla on röyhkee takapiiska."

"Joo, törkee ruoska!" myönsi Sakari ja nakkasi tölkin nurkkaan. Jossukin tuli sisään siinä vaiheessa, istui Raakelin viereen ja alkoi hypistellä kännykkäänsä kiroillen jostakin syystä. Nyt Pirtsu tivasi Even jengiltä läksyjä ja syitä myöhästymiselle.

"No, kun..." sanoi Eve. "No, bussi oli myöhässä ja Jorellakin oli kortti kuivumassa, niin se ei voinu heittää meitä ja... ja..."

Ihme kyllä Eve oli tehny tehtävänsä ja ilmeisen hyvin ainakin siihen nähden, mitä se koulussa yleensä teki. Jotkut on luonnostaan hyviä. Evellä kielet sujuu, mutta Sakarilla taas ei suju mikään.

"Entä sinä, Sakari? Näytäpä läksysi."

"Ei ole tehty."

"Miksei?"

"Ei pygenny ku ei jagennu." (ei pystyny kun ei jaksanu.)

Ja hihitystä Even paikalta. Sitten Eve nappasi taas Liinuksen laudan ja alkoi ajella ympäri luokkaa samalla kun taustamusiikkia tuli Jossun kännykästä. Opettaja mulkaisi niitä harmistuneena, mutta päätti vielä hiillostaa Sakaria. "Joskus on jaksettava. Luuletko sinä, että tällainen on opiskelua?"

"Ihan sama. Ei kiinnosta. Ruotsi ei kiinnosta..." Siitä alkoi sitten puolen tunnin keskustelu ruotsin hyödyllisyydestä. Lopputunnista päästiin käsittelemään taas substantiiveja.

"Lopeta tuo keikkuminen, Mikko, ja vastaa kysymykseen. Miten taivutetaan *en mössa*?"

"En mössa, öh, mössan, mössade, mössat."

"Eheheee hee." Pipottaa! Klassikko meidän luokalla! Jotkut vähän hihitteli ja ope vaan tuhahti: "Taitaa mennä substantiivit ja verbit sekaisin."

Meni ne sekaisin aika monella muullakin, vaan Helmipä saikin lopulta pipon taivutettua oikein. (En mössa, mössan, mössor, mössorna. Painetaan nyt tämä oikea taivutus mieleen.)

Tähän väliin, siis ennen kuin kerron fysiikan tunnista, pitää vähän kirjoittaa Onervasta. Ruotsin tunnille se oli tullu samaan aikaan kuin mäkin. Se ei ollu tehny läksyjään ja mumisi jotain siihen suuntaan, että vain hikarit ja keharit tekee läksyjä. Se oli ottanu ihanteekseen Jossun ja tämän kaverit ja toivoi olevansa niin kuin ne.

"Mennäänkö sinne fysiikan luokalle?" mä kysyin Onervalta ja Helmiltä, kun me oltiin päästy ruotsintunnilta. Helmi oli vähän epävarma. "Mä olisin kyllä energiajuomaa menossa ostamaan..."

"Ai, kaupasta? Ei sun tarvitse sinne asti mennä. Osta Loiselta. Saat halvemmallakin", Onerva sanoi.

Loinen oli alkanu harrastaa omia liiketoimiaan hommaamalla "ilmaista" energiajuomaa kaupalta ja myymällä tölkkejä sitten eurolla eteenpäin. Kaikkien ei enää tarvinnu vaivautua kaupalle asti. Sinä tiistaina se ja muut osti niitä tölkkejä Loiselta fysiikan luokan edessä samalla, kun Sakari kauppasi nuuskaa halukkaille. "Gäisiä", kuten Liinus sitä kutsui, ja ruskeita nuuskaklimppejä ilmestyi sitten fysiikanluokan penkkeihin. Miika Rusanen tuli salkkunsa kanssa, ja käytävässä norkoilevat ihmiset ryhdistäytyi sen verran, että jaksoi kävellä luokkaan. Suurin osa ainakin. Jossu, Raakel ja Martti katosi jonnekin, ja Onervakin jäi portaikkoon istumaan.

"Hei, tuutko sä?" kysyi Helmi.

"Ei pyge ku ei jage", sanoi Onerva ja selitti, että aikoisi ruveta lintsailemaan.

Mä ja Helmi mentiin kuitenkin tunnille. Jotain Miika opetti meille aallonpituuksista, joista en kyllä muista juuri mitään, paitsi sen kun Miika tuli jututtamaan Kessu-Jussin kanssa hölpöttävää Eveä. "Niin, Jussi... Tänään aiheena on valo ja aaltoliike, eikä sählyn pelaaminen tupakasta puhumattakaan."

"Öhö, häh. Mitä? Joo, joo", Jussi tuhisi ja Eve tirskui vieressä.

"Oletko sinä ollenkaan tehnyt muistiinpanoja? Et kai. No, tiedätkö mistä tällä tunnilla puhutaan?"

"Ei se tiedä mitään!" hihitti Eve ja Liinuskin naureskeli mukana: "Ei Kessu-Jussi mitään tajua."

"Pää kiinni", Jussi naureskeli.

"Sanopas, Jussi", Miika sanoi. "Mistä syystä tuo Even pipo on vihreä?"

"Öööh... Se heijastaa vihreää valoa."

"Kyllä..."

"Tai sitten se on vaan tehty vihreästä langasta", Eve hirnui ja Liinus hihitteli mukana.

Eve oli aikamoinen koomikko ja Jussi oli yllättävän hyvä koulussa, ainakin fysiikassa paljon parempi kuin mä. Teuvo oli tietysti kaikkein paras, mistä sitä nälvittiin. "Hikke! Kehari! Rillipää! jne." Ihan hyvä, jos puolet luokasta teki jonkinlaisia muistiinpanoja. Toinen puoli miekkaili viivoittimilla ja statiivitikuilla ja päästeli välillä kaasua hanoista. Teuvokin päästeli kaasua, ihan omasta hanastaan, ja siitähän sille mainittiin aina ja se oli yksi syy myös siihen miksi sitä heiteltiin paperitolloilla. Kyllähän sille ilkeitä oltiin, mutta olisihan sekin voinu opetella pidättelemään, niin olisi ollu ainakin yksi syy vähemmän irvailuun. Sen eduksi on sanottava, että se oli oma itsensä, ei esittäny mitään, niin kuin eräät toiset. Jossain tilanteissa ei ehkä kuitenkaan pitäisi olla ihan oma itsensä.

Siinähän meni se fysiikan tunti. Nuuskaklöntti jäi muistoksi Converseihin. Ja tuli pirusti läksyä.

Seuraavaksi oli historian kaksoistunti, ja siinä välissä ruokatunti, jolloin mä sain seuraa Helmistä ja Onervastakin. Ne ei syöny vaan litki halpoja energiajuomiaan. Muutenhan Onervan ja Helmin lounashetki olisi sujunu mainiosti, mutta se vain oli ongelma, että meidän koulun opettajakunnassa oli paljon natseja. Nimittäin eräs maantiedon opettaja, jonka tehtävä oli ruokalan valvominen, tuli valittamaan niille ensin ulkotakeista ja sen jälkeen juomista ja sitten se passitti lippispäiset pojat muualle. Tämä maikka oli niitä harvinaisia tapauksia, joita toteltiin, se kun oli aika kookas mies. Siis oikea läskihitler! Eikä se ollu ainoa. Olenhan maininnu tietysti Kerkko Kuusisen, historian opettajan. Juu, sitäkin sanotaan natsiksi, käskeehän se oppilaita äksysti tulemaan ajoissa paikalle ja on usein yhteydessä vanhempiin ja tekee muutakin natsistista. Sinä päivänä se sai raivota, kun Jossu kääri sätkää tunnilla ja Eve konttasi lattialla, kun olisi pitäny tehdä muistiinpanoja ensimmäisistä eduskuntavaaleista. Eikä se antanu Martin syödä eineslihapulliakaan. Fasismia! Mutta kaikkein kansallissosialistisimman teon suoritti äidinkielenmaikkamme Marja Erkkilä, sellainen kikkaratukkainen ja näppynaamainen mummo, jolla oli melkein aina punainen villapaita ja selässään rinkka kirjojen kuskaamista varten. Se takavarikoi Jossun kännykän!

Mua ei mitkään natsit ahistanu. Mä tein mun tehtävät ja läksytkin ja söin pullaa.

Mukava ja ei niin mukava päivä

Keskiviikkoisin meillä oli kolme tuntia kotitaloutta eli köksää. Mä tein pirtelöä Helmin ja Onervan kanssa. Allikin oli meidän ryhmässä, ja joku kaatoi vettä sen lapsellisen repun päälle. Se oli ihmeen rauhallinen tunti, mikä varmaan johtui siitä, että Jossu ja Martti kavereineen maleksi Kigen kulmilla suurimman osan ajasta. Pirtelön jälkeen menin koululle syömään. Sitten oli taas fysiikkaa, ja olin mä saanu mun tehtävät oikein. Jes!

Tämä siis keskiviikosta, mutta kaikkein paras päivä oli torstai. Ensimmäiset tunnit oli käsityötä. Mä tykkäsin siitä, kun ei ollu enää sitä Runkvisti-Eliseä niuhottamassa. Mä innostuin

neulomaan kaulaliinoja. Mutta oliko se lapsellista? Ihan sama!
Sitten kuvista ja me nähtiin meidän
luokanvalvoja, se Päivi. Me maalattiin kesäloma-aiheisia kuvia,
osa kylläkin heitteli pensseleitä. Mä sain mun työn valmiiksi.
Vaikka tunti oli suht. rauhallinen, Päivi katseli meitä
syyttävästi. Meistä oli kuulemma tullu "jobinpostia" muilta
opettajilta. Ei ihme.

Se oli selostus torstaista. Siinä missä se oli kivoin, oli perjantai
karmein. Kahdeksasta neljään! Ensimmäinen tunti oli enkkua,
ja arvatkaa vaan, mitä Pirtsu oli päättäny? No, pitää pistarit
kappaleen sanoista. Kyllä. Olinhan mä sen kappaleen
suomentanu, mutta en mä sitä ollu arvannu, että sanojakin
olisi pitäny opetella. "Puhelimet pois nyt, myös sinä, Jossu",
sanoi opettaja ja jakoi paperilappuset kaikille. Se meni mun
osalta sitten ihan päin sanonko mitä… Jotain 15 sanaa
aiheena ties mitä lääketieteen sanat, joista en muistanu
oikeen mitään. Onerva kyllä onnistui aika hyvin ja sillä se
sitten makeili mulle. Hikari, mä ajattelin.

Oveen koputettiin rauhallisesti. Ei ollu kukaan oppilas, vaan
pieni ja harmaatukkainen apuope. Sen nimeä ei kukaan
muistanu, mutta sen olemuksen takia sitä alettiin kutsua
Hiireksi. Se oli tullu Pirtsun avuksi ja meni istumaan luokan
takaosaan meitä tarkkailemaan. Se sai meistä väärän
käsityksen. "Kilttejähän nämä ovat", se sanoi tunnin lopuksi.
"Mitä nyt näpläävät välillä kännyköitään." Pirtsu arveli rauhan
johtuvan siitä, että suurin osa luokasta puuttui.

Kigelle tai kaupalle ei tarvinnu mennä. Kilpailu energiajuomamarkkinoilla oli kiristyny, kun Jossukin oli ruvennu ns. diileriksi. Ja Loinen myi nyt tölkkejä 40 sentillä. Sakarilla oli ilmeisesti vielä monopoli nuuskamarkkinoilla. Helmi osti kumpaakin. Se hörppi sitä litkua äikänluokan edessä.

"Nyt se natsitäti tulee", sanoi Raakel. "Kyl se on ruma ämmä."

Marja Erkkilä käveli rinkkoineen luokkaa kohti, mutta sillä oli jäljessään myös toinen äikänmaikka, sellainen punatukkainen, joka me oltiin joskus nähty ruokalassa. Ne äikänmaikat ilmoitti käytävässä maleksivalle porukalle, että meidän ryhmiä oli muutettu. Mä, Onerva, Helmi, Alli, Teuvo... no ainakin nämä, mentiin Marjan kanssa samaan luokkaan kuin ennekin, mutta punapäinen ope sai sitten Jossun, Raksun, Even ja suurimman osan pojista. Tätä voi kukin omassa päässään pohtia, että milläköhän perusteella luokka oli jaettu. Voisiko nämä olla tasoryhmiä, kukaties? Kysyin sitä Marjalta tunnin lopuksi. Se hypisteli pullonpohjalasejaan ja nyökkäsi. "Juu, kyllä, mutta sitä ei saa sanoa ääneen." Vastaavia jakoja tuli sittemmin muihinkin aineisiin.

Predikaatista, subjektista ja objektista tehtiin muistiinpanoja puolen ryhmän voimalla suhteellisen pitkäjänteisesti. Edellisellä tunnilla, kun asiasta oli yritetty puhua, oli tunti menny opettajan ja Sakarin väliseen keskusteluun siitä, miksi lauseenjäseniä ylipäänsä opetettiin koulussa. Nyt Sakari potki seinää viereisessä luokassa, ehkä se yritti morsettaa meille jotain. Eve taas uhosi olevansa seuraava suomalainen kirjallisuuden nobelisti. (Tämäkin kuului seinän läpi.) Jossain vaiheessa siellä ryhdyttiin paiskomaan oviakin ja ilmeisesti sen maikan sormet jäi sillä tunnilla oven väliin, tästä jotkut puhui myöhemmin käytävässä.

Äikän jälkeen oli ruokatunti. Onerva ja Helmikin tuli yllättäen syömään. Ne oli yrittäny etsiä Jossua ja ostaa siltä energiajuomaa, mutta se ja muut tyypit seinän takaa oli päästetty meitä aiemmin ja ne oli tietysti hävinny johonkin. Ei Onerva tietenkään "pahaa kalakeittoa" syöny, vaan pelkkää näkkileipää. Sitä mä ihmettelen, että mitä se syö kotonaan. Mikropizzaa varmaan.

Tässä välissä oli Miika Rusasen vuoro opettaa asiaa säteilystä. Se jäi mieleen, että gamma-säteily on vaarallista. Niin, ja Eve esitti samaan aikaan pohjoiskorealaista uutisankkuria kun näistä säteilyjutuista puhuttiin.

Yläasteellakin on liikuntaa. Monet tykkäsi siitä, mutta mä en. Eikä Allikaan. Ja tietenkin me sitten pelattiin koripalloa! Mä olen hiton lyhyt, eikä Alli ole mua kovinkaan paljon pidempi. No, mitä me sitten tehtiin? Hölkättiin muiden perässä ja vältettiin koskemasta palloon. Ei ollu mitenkään hauskaa tulla samaistetuksi Alliin. Onerva se pompotteli palloa yhdessä Jossun ja naapuriluokan Ellin ja Vuokon kanssa. Eve heitteli palloa sääntöjen vastaisesti tai potki sitä tai sitten pyöri itse pallona lattialla. Even häsläämistä oli kyllä ihan hauskaa seurata. Silti mä vaan koko ajan toivoin, että tunti loppuisi tai että pelattaisipa vaikka sulkapalloa. Suihkuun ei menny kukaan vaikka olis pitäny.

Pojilla oli ilmeisesti ollu "säbää" eli sählyä. Nekään ei ollu käyny suihkussa, minkä todellakin haistoi. Toisaalta hikisten sukkien lemu peittyi hiuslakan ja energiajuoman hajuun, kun Jossu ja Raakel saapui yllättävästi juuri ennen tunnin alkua.

Me tehtiin sillä tunnilla pieniä esitelmiä, mä olin silloin jälleen tutussa porukassa: Onervan ja Helmin kanssa. Meidän oli esiteltävä ensimmäisiä eduskuntavaaleja, koska niiden käsittely oli jääny vähän vajaaksi edellisellä tunnilla. Se oli vuosi 1907 ja sosiaalidemokraatit voitti ja naisia pääsi eduskuntaan. "Hikari", pihahti Onerva. "Ihan sama, kun ei kiinnosta historia..." Ja sitten se vielä sanoi Helmille, että olisi lintsannu mieluusti. Epäilemättä. Jotkut lintsasikin. Ainakin Martti pölähti ulos ovesta kesken tunnin, silloin kun mä ja Helmi mentiin esittelemään meidän työtä luokan eteen. Eve ja Jossu oli pitäny kovaa pimputusta kännyköillään, ja kun opettaja meni niitä ojentamaan, niin Martti ja Sakari kävi sotkemassa liitutaulua vahaliiduilla ja häipyi sitten ulos.

"Kuka tämän teki!?" huusi opettaja sotkua osoittaen.

"Mannerheim", sössötti Liinus suu täynnä karkkia, ja muut tietysti nauroi.

"Tiedätte varmaan, että tuntityöskentely ja käytös vaikuttavat arvosanaanne."

"P*s*an väliä", tuhahti Onerva ja jatkoi puhelimensa näpräämistä vaikkakin varovaisesti, sillä lehtori Kuusinen ainakin jossain määrin otettiin tosissaan. Siinä vaiheessa, kun Teuvo ja Alli oli esittelemässä omaa työtään luokalle, tapahtui yleisössä tietenkin kaikenlaista. Liinus ja Eve soitteli kännyköistään joitain tyhmiä mainoslauluja, samalla kun Jossu ja Raakel irvaili esitelmöitsijöille. Samaan aikaan kun jonkun heittämä paperitollo osui Teuvoa otsaan, alkoi Raakelin kännykkä soida, mikä sai opettajan suuttumaan. Opettaja käski Raakelia häipymään. Se totteli kiroillen.

Kohta me muutkin päästiin viikonloppua viettämään. Mä ajoin yksin kotiin, kun Helmi ja Onerva hävisi taas jonnekin. Ihan sama, oikeastaan niiden seura ei mua olisikaan hirveästi kiinnostanu. Musta oli ihan mukavaa olla iltapäivät ja viikonloput yksin. Me käytiin perheen kanssa Impi-mummin luona. Niin ja keräämässä mustikoita. Tosi lapsellista, sanoisi Onerva varmaan. Mutta enpä mä sille mitään mun viikonlopuista maininnu, kun ei se mulle muutenkaan paljoa enää jutellu.

Maanantai taas

Maanantaiaamuna jatkettiin siitä, mihin perjantaina oli jääty. Oli historiaa heti aamusta ja Kerkko sai taas paimentaa meitä. Ihan poikkeuksellisen väsynyttä oli porukka, vaikka suurimmalla osalla oli pulpetillaan energiajuomatölkki. No, ehkä kyseisessä erässä ei ollu tarpeeksi tauriinia. Onervakin oli ruvennu litkimään energianestettä, vaikkei se ala-asteella ollu välittäny edes limsasta. Pakkohan sen oli opetella juomaan samoja juomia, mitä Jossukin joi. Hui jui, jos se ei olisi sitä tehny, turpaan se olisi saanu varmaan.

Joo, eipä se Onerva kyselly mun viikonlopusta, enkä mäkään sen. Me istuttiin vierekkäin meidän normaaleilla paikoilla. Sen verran kun me juteltiin, niin se puhui vain itsestään. Se sanoi, että aikoisi vaihtaa nimensä Yessicaksi kunhan täyttäisi 18.

Hahha, mä ajattelin. Kas, kun ei saman tien Madonnaksi tai vaikkapa Kleopatraksi! Mutta sitten se sai todellakin muuta ajateltavaa, kun se tunnin päätteeksi nousi ylös tuolistaan. Krits kräts kuului sen takapuolesta ja niinpä oli vekki sen suhteellisen uusissa farkuissa, siis niissä, jotka me oltiin käyty yhdessä ostamassa.

"Ei v*t*u!" se parkui ja kiroili lisää.

Opettaja torui sitä, mutta Onerva vaan haistatteli. "Miten voi olla, että uudet farkut repeää tällai?" Onerva tuhisi ja veti WESC-hupparinsa reunan peittämään repeämää. Mä käänsin katseeni pois, ettei se olisi nähny mun hymyä. LOL. Näin ei varmaan olisi käyny, jos Onervan nimi olisi ollu Yessica. Sitten "Yessica" oli tämän tunnin jälkeen riittävän välimatkan päässä hyvistä tyypeistä Jossun porukasta, koska olisi ollu siis ihan hirveetä, jos ne olisi nähny Onervan housut. Ne ei varmasti olisi enää puhunu sille. Niin se tietysti pelkäsi.

Energiajuoman kauppa kävi taas kuumana käytävässä ruotsin luokan edessä. Tarvittiin useampi tölkki, että Martti jaksoi istua suorassa, nimittäin kyllä se ainakin jotain teki ruotsintunnilla. Raakel ja Sakari tuli puolen tunnin päästä. Tässä vaiheessa Pirtsu ajatteli, että luokassa oli järkevä määrä oppilaita nimenhuutoa varten. "Onerva, Mimosa, Alli, Helmi, Sakari, Martti... Teuvo ei ole, ai niin, ei tietenkään."

"Mitä? Häh, mihin se einstein on haihtunu?" Martti ihmetteli.

"Missä Teuvo on? Eihän se koskaan lintsaa?" Joku takapenkkiläinen kysyi.

"Teuvo on vaihtanut koulua", sanoi Pirtsu. "Enkä ihmettele sitä lainkaan."

Teuvo oli siis poissa, minkä takia Alli sai tästä lähtien niskaansa senkin osuuden paperitolloista ja kuminauhoista. Se apuope, Hiiri, oli taas meidän tunnilla ja käski Sakaria lopettamaan tavaroiden viskelyn. Sakari totteli, mutta alkoi nyhtää hyllystä sanakirjoja ja piirtää niihin kaikenlaisia kuvioita. Samalla Eve rapisteli karkkipussia omassa leirissään Sakarin ja Raakelin vieressä, eikä kuunnellu opettajaa, kun tämä käski ottaa kirjat esille.

"Eve, miksei sinulla ole tehtäviä esillä?"

"Ei ole kirjaa."

"Miksei ole?"

"Uolevi söi sen. Ehheh."

"Kuka Uolevi?" huoahti Pirtsu.

"Mun chinchilla!" virnisti Eve, mutta Pirtsu vaan pyöritteli silmiään ja siirtyi Onervan luokse ihmettelemään kun ei Onervakaan ollu tehny tehtäviä. No, kun sitä ei kiinnostanu tyhmät sanaristikot. Liinuskaan ei ollu pygenny eikä jagennu.

"Tämä alkaa mennä liian pitkälle!" opettaja huusi.

"Älä hikeenny, sisko!" Liinus sanoi ja näytti sivua numero 5. "Kyllä mä yhen tein."

"On sekin jotain", sanoi Pirtsu ja vilkaisi tehtävää nyökäten. Sitten se meni pöytänsä luokse ja laittoi uuden kappaleen kuulumaan CD-soittimesta, mutta Eve piti omaa esitystään takaluokassa samalla. Liinus näpräsi nuuskatykkiään ja Loinen lainasi sen vesipiippua. Mä, Alli ja ehkä Helmikin kuultiin jotain tarinasta, jossa Olle ja Per pelasi jalkapalloa ja söi voileipiä.

Hiiri yritti komentaa Jossua lopettamaan musiikin kuuntelemisen. Pirtsu oli takavarikoimassa Martin tölkkiä. Martti rupesi valittamaan, ettei opettajalla ollu oikeutta koskea oppilaiden tavaroihin. Samaan aikaan Sakari repi kirjastaan muutaman energiajuoman kasteleman sivun ja teki niistä tuppoja, joilla sitten heitti Allia. Poromies kiikkui tuolilla tapansa mukaan ja kaatuikin sitten nurin, mikä herätti hilpeyttä. Sitten se livahti vessaan.

Opettajat mietti että mitä nyt. Mitä me haluttaisiin tehdä? Ei ainakaan opiskella, Martti vastasi. Poromies palasi luokkaan ja ihmetteli, mistä opettajat puhui. Se sai kuulla, että nyt huomioitaisiin oppilaiden mielipiteitä. Vihdoin.

Päätettiin katsella telkkaria. Muumeja ruotsiksi, just niin kuin ala-asteella. Se kelpasi kaikille. Siispä me alettiin tuijottaa ruutua, jossa ruotsia puhuvat muumit ja Pikku Myy lähti merimatkalle. Ainakin enemmistö meistä istui kiitettävän pitkään paikallaan, eikä kännykät piipittäny enää yhtä paljon kuin aiemmin. Muumivideo synnytti henkevää keskustelua. Martti, suuri ajattelija, alkoi pohtia, miksi muumit on niin pulleita. Liinus ja Kessu-Jussi havaitsi, ettei niillä ole peräaukkoa ollenkaan! Hehei, 1+1=2!

"Ne on täynnä p*s*aa!"

Se oli meidän maanantainen ruotsin kaksoistunti, ja sitten olikin ruokatunti, jonka aikana Onerva oli kai unohtanu revenneet housunsa, lähtihän se Helmin ja muiden "hyvien tyyppien" kanssa Kigelle ostamaan nakkipiirakoita, koska kouluruoka oli "siis ihan hirveetä." Se oli poronkäristystä, jota mä menin yksinäni syömään. Taas. Tai joo, Alli tuli sitten siihen samaan pöytään puhumaan kännyköistä. Alli esitteli taas omaa puhelintaan ja sanoi aikovansa rikkoa sen, että saisi uuden tilalle. Sitten se leuhki kertomalla tietokoneestaan, joka oli maailman tehokkain. Pöydän ympärillä leijui lievä metaanin haju. Pohtikohan Alli koskaan, miksei sillä ollu kavereita.

Kai mua sitten alettiin pitää Allin kaverina, kun juttelin sen kanssa ennen englannintuntia. Onerva kuittaili mulle siitä ja otti muhun luokassa etäisyyttä. Myöhemmin se tarkisti mun kanssa läksyjä ihan tavalliseen malliin. Ehkä se halusi näyttää, kuinka hyvin osasi lausua englantia.
Se seuraava kappale käsitteli teknologiaa ja avaruutta ja galakseja, enkä mä sitä sanastoa jaksa tähän tarkemmin kirjoittaa, mutta yhtä hyödyllistä se oli kuin edellisenkin kappaleen sanasto. Sillä tunnilla päästiin lauseiden kääntämiseen asti. Tai jotkut pääsi. Sakari heitteli mieluummin kirjaa ja pelasi kännykällä. Eve, joka teki tehtävänsä, koska oli hyvä kielissä, alkoi räplätä kuminauhoja ja ampumaan niillä Hiirtä.

"Jahas, välitunnin vuoro", sanoi Pirtsu. "Taidatte tarvita happea, joten käykääpä ulkona."

Ulos me mentiin. Osa meni, siis Jossu ja Raakel ja niiden kanssa ainakin Kessu-Jussi ja Loinen, eikä ne tullu enää seuraavalle tunnille. Onervakin katosi johonkin. Mistä lie johtui, ehkä niistä revenneistä housuista, sittenkin se häpesi. Otapa nyt sen Yessica-Onervan ajatuksista selvää. Mä ja Helmi sentään jäätiin jäljelle ja olihan siellä tietysti Alli. Ihme kyllä, Marttikin oli jääny kouluun.

"Väki on näköjään vähentynyt", Pirtsu totesi. "Mistähän se johtuu?"

"Ihmiset kyllästyi olemaan täällä, koska tää on p*r*e*s*ä", Martti sanoi.

"Jaa, vai sillä tavalla", sanoi Pirtsu vaimeasti.

Se jutteli jotain Hiiren kanssa ja ilmeisesti ne päätti sitten, ettei kielioppia kannattaisi opettaa, jos moni oli poissa. Joten arvatkaapa, mitä me tehtiin. Ruvettiin katsomaan muumeja, tällä kertaa englanniksi. Martti oli sittenkin tehny hyvän ratkaisun, kun oli jääny tunnille, saihan se nyt taas hämmästellä muumien puuttuvia peräaukkoja.

Mä pyöräilin kotiin yksin, koska Onerva oli painunu tiehensä, niin kuin jo kerroin. Mä kuitenkin näin sen vielä samana päivänä. Juuri kun mä olin kääntymässä tieltä kotiin, se ja Helmi tuli pyörillä vastaan. Ne oli menossa Tapiolaan palauttamaan Onervan farkkuja ja ne pyysi mua mukaan. Mä mietin vähän aikaa ja päätin liittyä joukkoon. Sitä paitsi kirjakaupassa oli kai taas joku alennusmyynti, jonka halusin käydä tarkistamassa kivojen vihkojen varalta. Ensin me kuitenkin mentiin siihen liikkeeseen, josta Onerva oli ostanu farkkunsa. Siellä niitä samoja pöksyjä oli edelleen heti oven edessä, nyt ne vaan oli puoleen hintaan. Onerva meni kassalle farkkujen ja kuitin kanssa ja kertoi asiansa.

"Oi voi, oi voi", sanoi kassan tyttö. "Valitettavasti en voi tehdä mitään."

"Hä? Ei kai... siis eihän nämä farkut ole vanhatkaan."

"Mutta katsos, kun ei niiden kuulukaan kestää. Pitää ostaa uudet."

"Aha", sanoi hämmentyny Onerva ja kääntyi pois kassalta. "Mennään muualle."

Tätä tapausta me sitten ihmeteltiin kaupan oven ulkopuolella. Aika uskomaton juttu, en mä ainakaan ollu vastaavaan aiemmin törmänny. Ja Onerva oli sitten yhdet housut köyhempi tai oikeastaan nyt sen housut oli vielä trendikkäämmät. Niissähän oli alun perinkin ollu vekkejä, joten mitä sitten vaikka olisi yksi lisää peffassa. Hahha. En mä tätä viittiny sille sanoa. En mä tiedä mitä se niille pöksyille lopulta teki. Ei se ostanu uusia, ei ainakaan siitä kaupasta. "Tuolta mä en osta enää ikinä mitään, v*t*u!" se sanoi.
Onerva lähti kotiinsa Helmin kanssa, mutta mä poikkesin vielä kirjakauppaan. Ostin paketin kyniä eurolla. Ja kumin joka tuoksui mansikalta.

Mutta menipä sinä maanantaina rikki muutakin kuin Onervan farkut. Seuraavana aamuna Onerva kertoi mulle nauraen, että joku oli puhkonu renkaan Kerkko Kuusisen autosta.

Teeveetähtiä ja ihmisoikeusrikollisia

Kerkkoa epäilemättä kyrsi, minkä saattoi nähdä sen naamasta myöhemmin samana päivänä. Mä en tiedä, kuka ne renkaat oli rikkonu, enkä sitä mitä siitä seurasi. Sellainen käsitys mulle jäi, että tekijät oli meidän luokalta. Toinen erikoinen asia, mikä nähtiin aamulla, oli ryhmä aasialaisia. Ne kulki käytävää pitkin meidän ohi iso kamera mukanaan. Eve aikoi mennä juttelemaan niille: "Tsing tsang tsong!" Ei ne kuitenkaan ollu huomaavinaankaan sitä, mikä oli varmaan vaan ihan hyvä.

"God morgon", sanoi Pirtsu, joka ilmaantui käytävään Hiiren kanssa, juuri kun aasialaiset oli kadonnu näkyvistä. Pirtsu avasi oven, minkä jälkeen se alkoi viritellä älytaulua, joka ei kuitenkaan sinä päivänä halunnu toimia ja liitutaulu oli pakko ottaa käyttöön.

"Hei, ope! Mitä ne kiinalaiset on, joita oli tuolla käytävällä?"

"Ai he... Eivät he ole kiinalaisia vaan japanilaisia."

"Ahaa, sen takia ne ei ymmärtäny mitä mä sanoin. Hehee", Eve naureskeli omille jutuilleen ja nosti jalat pulpetille.

Pirtsu kertoi, että japanilaiset oli tekemässä ohjelmaa suomalaisesta koulusta. Vau, meidän koulu pääsee Japanin telkkariin. Eve erityisesti näytti innokkaalta, se jos kuka halusi olla TV-tähti. Pirtsun ilme oli aika outo, sellainen, jota ei oikein voi kuvailla mitenkään. Mutta kyllä se ajatus mua nauratti. Jospa MEIDÄN LUOKKA pääsisi telkkariin, jospa ne japanilaiset näkisi meidän oppitunnin. Huhhuh, siinä vasta olisi tositeeveetä, ei olisi Big Brother enää mitään sen rinnalla.

"Keskittykäähän nyt tähän kielioppiin", sanoi Pirtsu tuskastuneena. "Ruotsin kielioppiin."

"Ei, kun kiinan kielioppiin", räkätti Eve. "Tsing tsang tsong!"

Pirtsu pyöritteli silmiään ja varmaan mietti, että pitäisikö taas katsoa videota tai pelata jotain. "Kielioppi olisi tärkeää..."

Ketään ei huvittanu, eikä kukaan pygenny tai jagennu. "No, jaa. Voimme kai sitten harjoitella helpompia asioita. Kai värit kiinnostavat?"

Kai ne kiinnosti. Pirtsu palasi sivulle numero 6 ja sieltä se sitten kirjoitti liitutaululle: röd, grön, vit... jne.

"Muistaako kukaan, mikä on sininen? Sakari, laita tupakit pois ja vastaa minulle. Mikä on sininen ruotsiksi?" Sakari viskasi röökiaskinsa lattialle. "Ööh. En tiedä.. Blue? Blöe?"

"Ei. Se on blå."

"Blöö!" narisi joku.

"Blå. Ei siis mikään HK:n blöö vaan blå. Muista se Sakari."

"HK:n blöö on hyvää kermavaahdon kanssa", Eve huudahti. Sitten se otti kangaskassistaan purkin kermavaahtoa ja ruiski sitä suuhunsa ja pulpetille ja Sakarin päälle.

Läksyksi tuli opetella sanojen oikeanlaista ääntämistä. Me pakattiin kirjat reppuihin ja laukkuihin ja lähettiin ulos.

Seuraava tunti oli fysiikkaa ja siitä mun onkin kerrottava tosi paljon, koska se oli ihan fysiikantunniksikin poikkeuksellisen vauhdikas. Jossu, Sakari ja Liinus tuli nyt vasta kouluun ja istui litkimässä energiajuomia fysiikan luokan edessä. Ne oli ajoissa, ja meni sisään luokkaan heti kun Miika sai oven avattua. Martti tosin oli myöhässä.

"Tänään puhutaan säteilystä lisää, ja sähköstä myös... Olemme hiukan jääneet jälkeen siitä, mitä olisi pitänyt ehtiä tehdä", sanoi Miika ja ryhtyi availemaan tietokoneita ja älytaulua samalla kun kaiveli papereita salkustaan.

Kop, kop, kuului ovelta ja Miika meni avaamaan.

"Oho, vähän myöhästyin, hei anteeks", sanoi Martti.

"Mutta mitäs sinulla on tuossa?"

Niin, mitäs oli Martilla kainalossa? Kaljakeissi se oli, haettu vissiin Tallinnasta.

"Ei... Ei tu-tuollaista saa tuoda kouluun", ope sanoi. Ihmiset luokassa hihitteli Martille, ja joku huusi että energiajuomakin oli lopussa ja että nyt kalja alkaisi maistua. "Ei mulla ole kaljaa. Tää on mun uusi koululaukku kun Even chinchilla söi sen entisen... Ehheh... Kattokaa, on kirjatkin mukana." Kyllä vain, Martti purki pahvisesta salkustaan opiskeluvälineet ja istui paikalleen.

Kun opettaja oli ollu ovella, Sakari oli hypänny ylös paikaltaan ja kävelly pöytiä pitkin opettajan pöydän luokse. Se oli napannu suustaan ison purkkaklöntin ja sitten liimannu sen älytaulun kameran linssiin niin että taulun näkymä muuttui

46

vaaleankeltaiseksi. Kun Miika myöhemmin asetti kameran alle monisteita, joissa oli kuvia pistorasioista tai muusta vastaavista, mitään ei tietenkään taululla näkyny.

"Eli aihe on sähkö..."

"Ei näy", naureskeli luokka.

Miika alkoi painella laitteen nappuloita, mutta mitään ei tietenkään tapahtunu. (Eikä se myöskään tuntunu huomaavan meidän hihitystä.) "Jaa, mikäköhän tässä nyt on vikana..." Se jatkoi säätelyä ja siirtyi tutkimaan tietokonetta, kun Loinen sitä ehdotti. Ei auttanu. "Kyllä se virta on päällä..."

"Hei tarkista, että ne johdot on kiinni, sieltä taulun takaa", sanoi Eve virnistäen poliisilasiensa takaa.

Oli kiinni.

"Onko siinä taulussa virta päällä?" joku kysyi, ja Miika paineli nappuloita.

"Entäs toi tykki tuolla ylhäällä (Se mikä heijastaa kuvan taululle)", sanoin mä ja pidättelin naurua. "Tarkista, että siinä on johdot kiinni!"

Ja Miika kiipesi pöydälle tarkistaakseen asian. Kai siinä sitten oli. Hyi mua, mikä ilkeä tyttö musta oli tullu! Miika oli mukava setä, eikä mukavia setiä saisi kiusata. Tilanne vaan oli niin hupaisa, etten voinu olla sanomatta, mitä sanoin. Tilaisuus tekee härnääjän.

"Ei mahda mitään", totesi Miika ja sanoi jakavansa meille säteilyaiheisia monisteita. Sitä ei varmaan kovin moni kuullu,

47

ei ainakaan takana, missä Eve selitti tehneensä Uolevi-chinchillalleen fanisivut Facebookiin ja sitten se opetti "kiinaa" Liinukselle. Samaan aikaan Jossu ja Raakel tekstaili joillekin kavereilleen tai lisäsi ripsiväriä, mitä Onerva oli ruvennu matkimaan.

Loinen valitti nälkää ja sanoi aikovansa syödä pizzaa. Se rupesi näpyttelemään kännykkäänsä. "Haloo, onko pizzeria?" se sanoi. "Mä haluaisin tilata pizzan." Se puhui sen verran äänekkäästi, että kaikkien huomio kiinnittyi siihen ja sen puheluun.

"Kuulehan, ei ny-nyt ole a-aika soitella", Miika yritti.

"Niin, mä haluaisin tilata pizzan. Siihen tulee aurajuustoa ja kinkkua... ja ananasta ja herkkusieniä... valkosipulia myös... mutta ei rintakarvoja."

Ja kaikki nauroi, mä varmaan eniten. Naurattaa vieläkin, kun muistelen sitä. Tästä olisi todellakin pitäny tehdä ohjelma telkkariin. Miika väänteli naamaansa hermostuneena ja harmistuneena, koska Loinen vei kaiken huomion. Kovin monia ei sähkömoniste jaksanu kiinnostaa, kun yhtä hyvin saattoi kuunnella Loisen ja Even esityksiä. Loinen vaan taisi jäädä ilman pizzaa. Mitähän se sitten söi? Ei ainakaan kouluruokaa. Ehkä se söi niitä eineslihapullia, jolla Martti tavallisesti heitteli opettajia.

No joo... Miika hoksasi tunnin loppuvaiheessa purkan, joka oli liimattu kameraan. "Täällä oli tapahtunut ilkivaltaa. Epäilenkin sinua, Martti."

"Mitä, en mä ole mitään tehny."

"Ei sinulla kuitenkaan ole koskaan aivan puhtaat jauhot pussissa..."

Ja jotain ne jutteli vielä, vaikka tuskinpa Martille mitään seurasi. Mä, Onerva ja Helmi lähdettiin historianluokalle seuraavaa kaksoistuntia odottamaan. Siitä mun pitääkin kirjoittaa, nimittäin meidän toisella tunnilla tapahtui vakava ihmisoikeusrikos. Sopivasti tunnin aihekin oli sisällissota, josta ensimmäisellä tunnilla ennen ruokailua ehdittiin muistiinpanoja tehdä. Syy työntekoon oli varmaan se, ettei tunnilla ollu läheskään kaikki meidän luokkalaiset. Martti, Sakari ja Loinen oli lusmunnu Kigen kulmilla ensimmäisen tunnin ja tuli vasta ruokailun jälkeen luokkaan, eikä ne kiinnittäny huomiota opettajan myrtyneeseen ilmeeseen. Kerkko Kuusinen oli ollu harvinaisen tympeä, mikä varmasti johtui niistä rikotuista renkaista. Ne pojat oli kai litkiny aika määrän energiajuomaa, koska ne vaikutti niin energisiltä. Martti oli vieny Loisen skeittilaudan ja Loinen jahtasi sitä sählymailalla. Sakari puhui kovaan ääneen kännykkään: "Joo, vedä sitä turpaan! Haista kuule ite! Ehehehee! Vedä tumppuun. Moi."

"Istukaapa pojat alas."

"Mene piiloon, kuusen kerkko!"

Ei ne pojat kuunnellu. Ne ei "pygenny eikä jagennu" tehdä muistiinpanoja, mutta Sakarin kännykkä kävi kuumana. Se vaan jatkoi juttujaan, ja toiset pojat rupesi leikkimään hippaa. Ne juoksi ympäri luokkaa ja Kerkko käski naama punaisena niiden lopettaa. Välillä luokassa tuli käymään joitakin naapuriluokkalaisiakin, mutta Kerkko onnistui hätistämään ne ulos. Martti oli hypänny ensin Allin pulpetille ja siitä se ponnisti kirjahyllyn päälle, eikä Liinus saanu sitä kiinni, mutta teki hauskan löydön kaapin sisältä. Siellä oli keppihevonen! Miksi sellainen oli yläasteen historianluokassa, en todellakaan tiedä. Ehkä se liittyi ilmaisuluokan juttuihin. Oli siellä myös tähti, jota käytettiin tiernapoikaesityksessä. Siispä Liinus alkoi ravata sillä keppikaakilla ja hyppi pulpeteilla niin, että takatukka liehui. Se haki tähdenkin ja alkoi viuhtoa sillä ilmaa. Martti soitti muumien tunnusmusiikkia kännykästään kaapin päällä, mutta rupesi kiroilemaan, kun Sakari ja Liinus meni kaivelemaan sen reppua ja varasti sieltä pussin eineslihapullia. Kohta ne viskeli niillä toisiaan ja Marttia.

"Saakeli, ette koske niihin!" karjui Martti ja hyppäsi alas niin että lattia jysähti kunnolla. Se alkoi jahdata Liinusta ja Sakaria ja heitti niitä energiajuomatölkillä. Kerkko juoksi poikien perässä karjuen niin kovaa kuin kurkusta lähti: "Tällainen ei voi jatkua!" Se nappasi Marttia hupusta. "Sinä nuuskahuuli lähdet nyt ulos ja vähän vikkelästi!"

"En lähde!"

"Ja sinähän lähdet!" karjaisi Kerkko, tarttui Marttia kädestä ja talutti sen ovesta ulos. Toiset pojat meni lopputunniksi kaappiin piiloon ja oli siellä hiljaa, joten Kerkko ei niille jaksanu tehdä mitään. Ja tämä oli se ihmisoikeusrikos, se että Martti talutettiin pihalle. Sen mä sain tietää seuraavana päivänä, kun joku mainitsi, että Kerkko saisi kenkään. Se saisi kenkää, koska oli "pahoinpidelly" Marttia. Ai kamalaa, se oli koskenu Martin käsivarteen. Siihen oli varmaan tullu kamalat ruhjeet ja mustelmat. Martin mieli epäilemättä järkkyi tämän takia. Joku opettaja tai oppilas oli menny tästä jutusta kertomaan

50

rehtorille, joka sitten pisti Kerkon pihalle. Näin juttu kaiketi meni.

En mä tiedä niistä ihmisoikeuksista. Mun oikeus on saada pullaa...

Nami, pullaa!

Tiistain viimeisestä tunnista eli äikäntunnista ei tarvitse kirjoittaa, koska silloin ei ainekirjoituksen lisäksi tapahtunu juuri mitään. Ihan oikeesti, kyllä meillä sellaisiakin tunteja oli. Hypätään siis keskiviikkoon, siihen pullapäivään. Silloin oli köksää! Mä seisoskelin aamulla ulko-oven edessä ja yritin nähdä Onervan tai Helmin, mutta vastaan tuli vain Alli, jolla oli venähtäny villapaita ja kulahtaneet kumisaappaat kuten aina.

"Kato kun mulla on uusi puhelin", se sanoi ja näytti uutta leveänäyttöistä Samsungia. "Mä sain tämän, kun hajotin sen mun edellisen. Mun vanhemmat on niin rikkaita, että ne ostaa mulle parhaat puhelimet."

"Aha", mä sanoin ja mietin, miksei ne ns. miljonäärit hankkinu tyttärelleen uusia vaatteita.

"Sun perhe on kai köyhä, kun sulla on kaikki laitteet tosi vanhoja", Alli ajatteli ääneen.

"Aha", mä ähkäisin ja pyörittelin silmiäni.

Tuli ne muutkin siihen aika pian, ja me mentiin sisään. Suhteellisen monet meidän luokkalaisista oli paikalla, ja

Evekin oli. Se rupesi melkein heittämään voltteja ilosta kun opettaja kertoi, että sillä tunnilla leivottaisiin pullaa. Me ruvettiin hommiin pareittain. Onerva meni Helmin pariksi, joten mä olin sitten Allin kanssa. Taikinan teko sujui rauhallisesti siihen asti kunnes Martti, Sakari ja jotkut naapuriluokan pojat tuli tunnille. Varsinaisesti ne ei tehny mitään, mutta häsläsi vain, ja opettaja sai koko ajan vahtia niitä. Osa pojista tuli sisään tuuletusikkunasta ja osa hyppäsi siitä välillä ulos. Sitten ne vohki kananmunia ja meni heittelemään niillä ohi ajavia autoja. Yhdessä vaiheessa Sakari tunki kokispulloonsa jonkin pastillin niin, että juoma kuohahti kunnolla ja tietysti siitä aiheutui sotkua. Eve ja Poromies sen sijaan teki hommia ihan tosissaan, koska ne halusi saada pullaa. Kyllä ne niitä pullia saikin, mutta totta kai Eve aina jotain sähläsi, jos ei tahallaan niin vahingossa. Mitä tahansa se tekee, on se jotenkin hasardia aina. Tällä kertaa se kaatoi jauhoja lattialle ja osa pullista taisi vähän palaa, mutta sokeria se käytti tuplamäärän. Sitten se karkasi ikkunasta hakemaan kaupasta energiajuomaa.

Mä ja Alli tiskattiin astioita, kun Jossu ja Kessu-Jussi alkoi jahdata toisiaan jostain käsittämättömästä syystä. Ne heitteli toisiaan pullapaloilla, ja tuli sitten meidän lähelle roiskimaan jauhoja. Jossu yritti viedä Allilta tiskiharjaa, mutta Alli mäiskäisi sillä Jossua. Sitten Jossu tönäisi Allia ja nauroi.

"Kehariii!!! Hahaa haa!" huusi Kessu-Jussikin.

"Mitä sinä puhut, ei saa nauraa toisille", sanoi opettaja. "Ei saa kiusata, eikä nauraa toisille. Pyydäpäs anteeksi."

"En! Kyllä kehareille saa nauraa!"

"Älä viitsi. Nyt sinä saat kirjoittaa kolmen sivun esseen kehitysvammaisuudesta", opettaja sanoi. "Muuten ei tule arvosanaa. Eikä Alli sitä paitsi ole vammainen."

Jaa, mitäköhän ne muut joutui kirjoittamaan. Jossu jatkoi rehaamistaan. Martti ja Sakari oli ottanu vesipiipun jostain ja ryhtyny sitä polttelemaan. Varmaan Kessu-Jussia kyrsi se homma ja se oli kaunainen Allille. "Saakelin kehari nyhverö", mä kuulin sen huutavan. Sen mä sain myöhemmin tietää, että Kessu-Jussi ja jotkut muut pojat oli vieny Allin uuden puhelimen ja heittäny sen vessanpönttöön. Ei auta Samsung eikä Apple eikä Nokia, jos on nynny ja nynnyt vaatteet. Eikä pelasta sekään, että perheellä on rahaa ja läjäpäin Ipodeja, jos on muuten tylsä tyyppi. Sellaisia on kiva kiusata, sellaisia nynnyjä. Se onkin mielenkiintoinen ilmiö, se kiusaaminen. Sitä aina ollu, vaikka se on pahaa. Ei mun sitä pidä puolustaa, onhan mua itseänikin kiusattu ala-asteella (mm. kukkahousujen takia.) Ei se kivaa ollu. Kaikkihan oikeasti tietää, että kiusaaminen on väärin ja silti aika monetkin sitä tekee. Miksi? Tätä mä olen joskus tuuminu ja erään selityksen keksinykin. Heikompien härnääminen tuottaa jotain voimantunnetta, se se syy on luultavasti. Voisihan voimaa olla tietty kiusatun puolustaminenkin. Mä voisin mennä puolustamaan Allia. Se ei vaan huvita ja siihen on useampikin syy.

Allia varmaan harmitti, kun sen kännykälle kävi huonosti, mutta ehkä sille toi lohtua pieni ruusu, jonka se sai fysiikan opettaja Miika Rusaselta myöhemmin samana päivänä. Mäkin sain sellaisen, ja arvatkaapa miksi. Joo, mä kysyin siltä Miikalta. Vastaus on tässä:

"Te olette käyttäytyneet hyvin. Ajattelin palkita teidät."

Kiitos. Kannattaa siis olla kiltti, että saa kukkia. (Hävetti samalla, että oli naureskellu silloin kerran...) Niinpä mä päätin olla tästä lähtien kiltti.

Muuten se tunti oli sitä samaa kuin ennenkin: Loinen soitteli kännykästään musiikkia, Eve teki kuperkeikkoja ja Jossu suihki hiuslakkaa sytkäriin, niin että sai siitä kivat liekit. Jotkut pojat nuuhki paperilimaa, muka imppasi sitä. Ei niiden päät voi enempää seota, ainoa seuraus olikin se, että liima kuivui. Kyllä me jotain opiskeltiin taas säteilystäkin. Osa oli vaarallista, osa ei. Sakari nappasi hyllystä kolvin ja keitinlasin, johon se kaatoi energiajuomaa ja tarjoili vieruskavereilleen. Onhan lasista juominen sivistynyttä.

Taitavia käsiä

Torstaina oli taas kädentaitoaineita, eli käsityötä tai puutyötä riippuen siitä kumman oli valinnu. Tai niin me luultiin. Mullahan oli siellä ne neuletyöt odottamassa, joten mä ajattelin pääseväni jatkamaan niitä, mutta toisin kävi. Meillä sattuikin olemaan erikoispäivä, nimittäin TASA-ARVOPÄIVÄ. Arvatkaapas, mitä se tarkoitti.

"Tänään tehdäänkin niin, että te menette puutöihin", sanoi käsityöopettaja. "...ja puutyöryhmä tulee virkkaamaan. Se on sellainen meidän opettajien päätös... Se on... Se on nykyaikaista ja sellaista. Se on tasa-arvoista."

Joo, ilmeisesti. Me katseltiin toisiamme ja ihmeteltiin. Käytännössä siis käsitöissä olevat tytöt meni höyläämään lautoja, ja puutöissä olevat pojat laitettiin värkkäämään lankojen kanssa. On kai se sitten tasa-arvoa. Eve, joka oli ainoa tyttö puutyöryhmässä, joutui taas virkkaamaan, vaikka olisi halunnu tehdä linnunpönttöjä. Siis tällaista ne opettajat suunnittelee iltapäivisin. Kenenköhän päähänpisto?

"Mitä v*t*n ideaa tässä on!" Martti sanoi käytävässä, kun se ja muut pojat seurasi kässämaikkaa kässäluokkaan. Samalla mä ja muut tytöt siirryttiin puutyöluokkaan ja ihmeteltiin samaa asiaa.

En mä siitä puutyön opettajasta valita, se oli aika kiva. Sellainen iloinen, ehkä 30-vuotias mies. Kai se sitten teki meistä tytöistä tasa-arvoisia, kun se näytti kaiken maailman sahoja sun muita. Meidän hommaa oli nikkaroida laatikko. Se mun täytyy nyt tähän mainita, että Onerva oli ottanu hatkat jostain syystä, ja niin oli Jossu ja Raksukin. Varmaan ne kolme oli kimpassa. Ei se mua haitannu, olihan siellä muitakin ihmisiä ja vieläpä toisilta luokilta. Mun kanssa oli kaksi tyttöä: ilmaisutaitoluokan Sohvi ja Aino. Me höylättiin niitä lautoja ja juteltiin samalla kesälomasta ja harrastuksista. Helmi sahasi jotain Allin ja yhden Siirin kanssa. Siinä me tasa-arvoistuttiin uusissa porukoissa.

"Hyvää jälkeä tulee", sanoi opettaja. "Olettekin paljon rauhallisempia kuin pojat."

Ja Eve. Joo, se hyppäsi sisään avoimesta tuuletusikkunasta ja tuli näyttämään patalappua, jonka oli virkannu. Aika hyvin siltä... No, kässäluokasta kuului aika lailla meteliä. Ehkä joku heitteli sukkapuikkoja tai en mä tiedä, jotkut pojat onnistui yllättävän hyvin virkkaamisessa. Noh, Eve pyöri vähän aikaa puutyöluokassa, kunnes kässäope tuli etsimään sitä ja haki sen pois. Se oli ehtiny tunkemaan tärpättipullon yli-isojen verkkareidensa taskuun ja järkytti myöhemmin Päivi Moilasta hörppimällä kyseistä nestettä. (Eihän se mitään tärpättiä oikeasti juonu, vaikka aina kirjoittelee sellaisia juttuja äikän tunneilla. Oikeasti se oli vaan liimannu tärpättipullon etiketin vesipullonsa kylkeen.)

Mutta missä oli Onerva?

Sitä ei näkyny silloinkaan, kun mä ja Sohvi ja Aino istuttiin käytävässä välitunnilla juttelemassa, eikä seuraavallakaan tunnilla. Onerva oli varmaan päättäny olla tosimakee, eikä tullu kouluun koko päivänä enää! Aika outoa kun se ei mitään ollu sanonu... tai ei oikeastaan, eihän se mulle enää hirveästi ollu jutellu muutenkaa. Olin liian nöhverö tajuamaan sen makeutta.

Mä ja mun uudet juttelukaverit, joiden kanssa olin kerenny vaihtamaan myös puhelinnumeroita, lähdettiin kävelemään puutyötuntien jälkeen Pohjikselle ja päätettiin käydä kaupalla ostamassa vähän suklaata. Siellä me nähtiinkin jotain epätavallista: poliisiauto oli pysäköity parin metrin päähän ovesta. Sitä oli jotkut pojat katsomassa ja oli siellä tuttuja meidän luokalta. Kaupan kulman takana seisoi Jossu, Raksu ja Martti, jotka varmaan oli pelästyny poliiseja. Mitä vitsiä tapahtuu, mä ajattelin, vaikkei sitä nyt olisi ollu kauhean vaikea arvata. Poliisit oli kaupassa, eikä ne ollu siellä limuostoksilla. Siellä oli myös Onerva, jota ne kytät jututti ja sitten ne soitti jonnekin, varmaan Onervan vanhemmille. Ei me jääty sinne kauppaan sen pidemmäksi aikaa, vaan mentiin ulos järsimään suklaapatukoita ja oltiinkin jo varmoja siitä, missä puuhissa Onerva oli ollu. Matkalla koululle me nähtiin Jossu ja sen kaverit ryystämässä energiajuomaa. Ne tuntui olevan hilpeällä tuulella ja naureskeli: "Hah, saatiin ilmaset juomat, mutta se nynny Onerva jäi kiinni. Hahahaa!"

"Jos se bosaa meidät, niin..."

"Se tietää kyllä mitä seuraa, hahha."

Mitäköhän se Onerva sitten teki? Varmaan se meni kotiin, ei sitä kuvistunnillakaan näkyny. Siellä me taas tavattiin meidän luokanvalvoja, joka kertoi, että oli saanu meistä jälleen kerran jobinpostia. "Ettekö te ihan oikeasti ymmärrä, ettei tämä ole enää mikään ala-aste?" se huokaili. Voi, voi, Päivi, sehän nimenomaan ymmärretään. Ei missään muualla, kuin yläasteella eletä näin makeeta ja siistiä elämää. Samalla kun me taiteltiin paperista kukkia, niin Päivi luetteli kaikkia asioita, mitä oli sillä viikolla tapahtunu. "Annikki Holm-Pirhonen on sanonut teidän tekevän tunnilla kaikkea muuta, paitsi opiskeluun liittyviä asioita, samoin äidinkielenopettajat. No, Kerkko Kuusinen saikin lähteä..."

"Mitä, oikeesti!" hölisi Martti ja kaatoi energiajuomaa Liinuksen lippikseen. "Hähää, se olikin ihan natsikehari."

"Olepas nyt hiljaa, Martti, äläkä uita sitä paperia energiajuomassa. Sinua nämä valitukset koskevat erityisesti. Olet kuulemma heitellyt fysiikanopettajaa lihapullilla."

"En varmasti!" Martti huudahti. Se näytti oikeasti hämmästyneeltä. "Mä en ole ikinä tehny semmoista."

"Jotain olet kuitenkin heitellyt."

"Joo, mutta ne oli broilerpyöryköitä!"

XD Hahha!

Päivi pyöritteli silmiään ja huokaisi. "No, Miika Rusanen onkin lähdössä hermolomalle, joten huomenna teillä on paljon sijaisia. "

(Ja sitten Eve, joka oli piirrelly pöytään kirkkoveneitä, alkoi juoda sitä "tärpättiä.")

Ei niin pitkä perjantai

Perjantaista ei ole kauheasti kirjoitettavaa, kun silloin tapahtui ihmeen vähän. Kauhean pitkä päivä joka tapauksessa, mutta taisi olla niin, että ainakin puolet luokasta oli poissa tai eri ryhmässä. Meillä oli lisää tasoryhmiä (mitä ei saa sanoa ääneen.) Eli "valiojoukko" ja "kehariryhmä" oli myös vieraissa kielissä. Mä, Helmi ja Alli oltiin Poromiehen ja Liinuksen kanssa Pirtsun valiojoukkoa, mutta loput oli sitten jonkun ekstrasupererityisopettajan luokassa. (Yhdessä pienessä huoneessa, jota sanottiin siivouskopiksi.)

Jossua ei näkyny ollenkaan, eikä se tullu kouluun enää seuraavallakaan viikolla. Joku mainitsi, että se oli siirretty toiseen kouluun. Raakelin mä näin menevän sisään sinne "siivouskoppiin", mutta Onerva oli kadonnu totaalisesti.

Ai, mutta joo, tapahtuihan silloin perjantaina jotain jännää, sen vaan sai tällä kertaa aikaan yhdet C-luokkalaiset. Viimeinen tunti oli alkamassa. Mä ja Helmi istuttiin hissanluokan edessä odottamassa tunnin alkua. Mä tein fysiikan läksyjä, kun yhtäkkiä alkoi kurkussa tuntua oudolta. Helmikin yski, ja kohta kaikki alkoi ihmetellä, mitä outoa oli ilmassa. Ihmiset alkoi siirtyä ulos. Mä ja Helmi mentiin tietysti myös muiden mukana. Vähän ajan päästä opettajatkin tuli ulos ja sanoi, ettei sisään saanu mennä, ennen kuin palokunta oli tullu tarkastamaan tilanteen. No, ei siellä mitään tulipaloa ollu. Ne C-luokkalaiset oli vaan suihkinu kyynelkaasua ilmaan, mistä mä kuulin sitten seuraavalla viikolla. Kai ne siitä jonkun rangaistuksen sai. Ne varmaan erotettiin tai jotain, ja siitähän ne olisi kai ollu ihan kamalan harmissaan. Se siitä, kun en tiedä. Hissantunti kylläkin jäi väliin, eli ei tarvinnu olla koulussa neljään asti. Mutta se oli hauskaa, että mä näin ne ilmaisuluokan tytöt, Ainon ja Sohvin, siellä pihalla seisomassa. Me päätettiin lähteä kotiin yhtä matkaa ja melkein mentiin ostaa kokikset kaupalta. Mutta ei me niitä saatu. Ovessa oli tympeä lappu:

EI YLÄASTELAISIA KLO 8.00-17.00!

No joo, eipä ollu ihme, että kauppiaskin alkoi hiiltyä energiajuomahävikkiin. Taisi olla Onervallakin jotain osuutta tähän. "Kiitos Onervalle, säästyttiin sokerimyrkytykseltä!" mä sanoin ihan läpällä. Aino ja Sohvi nauroi.

Vikat sivut käsillä ja aurinko paistaa

Tämä mun kiva vihko alkaa nyt olla aika lopussa, mutta kirjoitan nyt vielä yhdestä aurinkoisesta lauantaista. Jälleen kerran aioin lähteä Tapiolaan. Siellä oli nimittäin maalaismarkkinat, joita oli mainostettu katulamppuihin kiinnitetyissä kylteissä. Käsitöitä, kirppistä jne. Ihan kivaa varmaan. En mä tietenkään halunnu lähteä yksin, vaan ajattelin heti, että pitää soittaa Onervalle.

"Tuut, tuut, tuut... Moi, Mimosa!"

"Moi, Onerva! Sellaista vaan soittelen, että lähden Tapiolaan maalaismarkkinoille. Tuletko mukaan?"

"En mä voi", se sanoi. "Mä olen arestissa, koska pöllin sitä energiajuomaa."

"Ai jaa, harmi... Joskus toiste sitten. Moi moi."

Vasta puhelun jälkeen mulle tuli mieleen, että Onerva varmaan piti markkinoita nynnyinä, vaikka toisaalta... kuka tässä nyt nolo olikaan ollu? Suoraan sanottuna ihan sama. Mä soitin Marialle ja Helmillekin, vaikken niiden kanssa paljoa viettäny aikaa silloinkaan. No, ne oli luisteluharkoissa, eli nekään ei lähteny. Olihan vielä Aino ja Sohvi. Mä soitin Ainolle, sen numero kun osu mun silmiin ensin.

"Tuut... tuut.. Moi... Mimosa."

"Moi, Aino. Hei, sitä vaan kyselen, että onko sulla mitään menoa?"

"No, kuoroharjoitukset on kirkolla", se sanoi, ja mä ehdotin, että voitaisi nähdä siellä. "Siis, että jos tahtoisit tulla mun kanssa sinne markkinoille?"

"Joo, kyllä mä tulen. Kiva idea! Nähdään yhdeltä. Sohvikin varmaan tulee."

Mä pakkasin mun pikkulaukun, laitoin sinne rahaa vähäsen ja kännykän tietysti myös. Sitten mä lähdin taas ajelemaan mun Jopolla ja mietin samalla, että onpa mun tutuilla harrastuksia... Ei mulla vaan ole muuta kuin se kuviskerho torstaisin. Mutta toisaalta hyvä, että voi mennä minne tahansa milloin tahansa. Siispä mä ajoin sitä samaa reittiä taas, siis sitä, jota mä aina menin koululle. Matkalla näin jotain tuttua porukkaa. Siellä oli Kessu-Jussi ja Sakari ja Eve ja yksi Even kaveri, B-luokkalainen Siiri. Ne soitti musiikkia täysillä ja peuhasi yhdessä valtavassa lehtiroskiksessa. "Hei, Mimosa, tuu tänne!" ne huusi, mutta mä vaan moikkasin niitä ja jatkoin polkemista. Siitä vaan eteen päin, Tapiolaan, uimahallin ohi kirkolle.

Tuttu paikka se harmaa ja laatikkomainen kirkko. Mä olin käyny siellä joskus pienenä muskarissa ja sen jälkeen aina koulun kanssa joulun ja pääsiäisen aikaan. No, nyt siellä ei ollu muita kun ne kuorolaiset ja niiden ohjaaja. Mä istuin penkille, oven lähelle, kuuntelemaan ja mietin, että kuinkakohan moni meidän luokalta harrastaa laulamista. Ei varmaan kovin moni, veikkaan. Ilmaisuluokkalaiset olikin toisenlaista sakkia.

"Moi, Mimosa. Säkin siis tulit."

Se oli Sohvi, joka istui mun viereen. Siinä meni varmaan 15 minuuttia, sitten harjoitukset loppui, joten Aino tuli meidän luo, ja sitten me lähdettiin kaikki kolme ulos. "Ai, teilläkin on pyörät", mä sanoin. Niin niillä oli, ja ne huomasi mun pyörän, mun vanhan Jopon. (Niillä oli uudet: Sohvilla oranssi ja Ainolla punainen) Me talutettiin ne pyörät keskustaan, missä alettiin katsella ympärille. Oli kaikkea: käsitöitä, lähiruokaa, jotain puolueiden kojuja ja joku ukko soitti haitaria. Oli siellä myös paljon houkuttavia hajuja. Aino meni ostamaan muikkuja, mutta mä ja Sohvi mentiin vaan niiden poliitikkojen karkkikippoja tyhjentämään. Löydettiin me joitain ilmapallojakin ja ihania käsintehtyjä koruja, jotenka ei me sieltä selvitty ilman uusia rannekoruja.

"Hei tulkaa tänne", Aino sanoi. Se oli menossa Keskusaltaalle päin ja meni istumaan penkille jäätelökiskan viereen, että saisi mussuttaa muikkuja mukavammassa paikassa. Mä ja Sohvi ei tietystikään voitu olla ilman välipalaa, joten me ostettiin suklaarouhejäätelöt. (Nami, mun suosikki!) Ainokin sai maistaa niistä, ja me saatiin siltä muutamat muikut.

Ympärillä oli tosiaan kaikenlaista tapahtumaa. Sohvi osoitti yhtä varjoista nurkkaa ja sanoi: "Hei, tuolla on joku kirpputori! Mennään katsomaan."

Joo, siellä oli muutama pöytä, jotka oli täynnä kamaa: kippoja ja kuppeja ja leluja ja vaatteita. Niin, ja kirjoja. Sohvi ja Aino siis harrasti kirppareita! Ei Onerva ainakaan olisi menny lähellekään käytettyjä tavaroita. Köyhää ja noloa, se olisi varmaan ollu sitä mieltä. Mutta mun kaksi uutta kaveria oli lievästi toista maata.

"Miten ihania ruusukuppeja ja lautasia!" sanoi Aino.

"Oi vitsi, ja kaikkia kivoja patsaita", Sohvi ihasteli.

Oli aika paljon sitä roinaa patsaiden lisäksi, ties mitä sulkahärpäkkeitä ja lasikuulia ja kummallisia nukkeja, varmaan jonkun poppamiehen jäämistöä. Heh! Mutta oli siellä vaatteitakin, ja niistähän me kiinnostuttiin. Se myyjä oli semmoinen lierihattupäinen täti, joka alkoikin esitellä meille rekissä roikkuvia riepuja. "... juu, on minulla kaikenlaisia vaatteita nuorillekin. Tässä olisi housuja ja paitoja. Maksavat vain yhden euron."

"Ai... Kiva!"

Erittäin kiva. Euron paidan osti Aino. Se oli sellainen punainen, vähän samantyylinen kuin se, minkä Onerva kerran osti, paitsi että laadukkaampaa kangasta. Mäkin ostin farkut. Ei ne ollu pillit, mutta ainakin hyvät verrattuna niihin Onervan housuihin. Itseasiassa ne on mulla just nytkin päällä, ei ole siis revenny vaikka on jo monta kuukautta vanhat. Siis todelliset laatuhousut! Eurolla!

Kello alkoikin olla sen verran, että Sohvin täytyi lähteä kotiin. Mä ja Ainokin lähdettiin, ja mentiin siis takaisin sinne Kulttuurikeskuksen kulmille, missä meidän pyörät oli parkissa. Aino ja Sohvi alkoi molemmat kaivella reppujaan ja otti sieltä kypärät.

63

"Hei, missä sun kypärä on?" Aino kysyi multa.

Sen kysymyksen mä muistan vieläkin hyvin, ja Ainon ja Sohvinkin ilmeen. Missä oli mun kypärä?

"Heh, taisi jäädä kotiin", mä sanoin.

"Kannattaisi muistaa se", ne sanoi nauraen, enkä mäkään voinu olla nauramatta. Nauratti aidosti. Me lähdettiin polkemaan pois päin, tällä kertaa vähän eri reittiä: Pohjantietä pitkin. Sinne näkyy ne taskumatin näköiset talot, ja Sohvi hiljensi vauhtia niiden kohdalla ja sanoi: "Mä aion muuttaa tonne sitten kun mulla on rahaa tarpeeksi. Ylimpään kerrokseen."

"Mä muutan sitten sun naapuriin", sanoi Aino.

"Mä myös!" sanoin mä. "Asuttaisi sitten kaikki naapureina. Olisi kivaa!"

Joo, pitäisi vaan jatkaa sitä säästämistä, kun ei rahaa ole niin kauheasti, varsinkin kun tuli osteltua taas kaikenlaista. Mutta kyllä kai sitä rahaa ehtii kerätä!

Terveyskeskuksen kohdalla Aino ja Sohvi kääntyi vasemmalle, ja mä jatkoin matkaa suoraan eteenpäin. Olipahan mulla tosi erilainen päivä ja nyt myös tosi erilaisia kavereita verrattuna Onervaan ja muihin. Ei mitään valittamista! Kyllä mä niitä tyttöjä moikkasinkin siitä lähtien aina koulun käytävällä, ja sitten kun saatiin valita vapaaehtoisia lisäkursseja seuraavana vuonna, me kolme päädyttiin samoille kuviksen ja käsityön tunneille. Aika usein ne myös tuli samaan pöytään syömään mun ja Onervan kanssa.

Ja sen mä vielä lisään, että Sohvi alkoi myöhemmin käydä samassa kuviskerhossa kuin mäkin. Se oli tosi hyvä piirtämään ja maalaamaan. Sen lempiväri oli muuten oranssi (minkä näki pyörästäkin) ja sitä se käytti maalauksissaan mieluiten. Me ajettiin sinne kuvikseen pyörillä tietysti, ihan niin kuin kouluunkin. Mä olenkin taas ruvennu käyttämään mun kypärää jopa koulussa. Se ei enää "unohdu." ☺